GW01606232

La disparue
de la baie

JEAN FAILLER

La disparue de la baie

ÉDITIONS DU PALÉMON
ZI de Kernevez - 11B rue Röntgen - 29000 Quimper

Les ouvrages de Jean Failler sont disponibles
à la Bibliothèque Sonore du Finistère.

CE LIVRE EST UN ROMAN.
Toute ressemblance avec des personnes, des noms propres, des lieux privés, des noms de firmes, des situations existant ou ayant existé, ne saurait être que le fait du hasard.

LES ENQUÊTES DE MARY LESTER

1. Les bruines de Lanester
2. Les diamants de l'Archiduc
3. La mort au bord de l'étang
4. Marée blanche
   Prix Fondation Paul Ricard - 1995
5. Le manoir écarlate
6. Boucaille sur Douarnenez
   Association des Écrivains de l'Ouest :
   Grand Prix de la Ville de Rennes - 1995
7. L'homme aux doigts bleus
8. La cité des dogues
9. On a volé la Belle Étoile !
10. Brume sous le grand pont
11. Mort d'une rombière
12. Aller simple pour l'enfer
13. Roulette russe pour Mary Lester
14. À l'aube du troisième jour
15. Les gens de la rivière
16. La bougresse
17. La régate du St-Philibert
18. Le testament Duchien
19. L'or du Louvre
20. Forces noires
21. Couleur Canari
22-23. Le renard des grèves
24. Les fautes de Lammé-Bouret
25. La Variée était en noir
26. Rien qu'une histoire d'amour
27. Ça ira mieux demain
28. Bouboule est mort
29. Le passager de la Toussaint
   Prix C&C Produit en Bretagne 2007
30-31. Te souviens-tu de Souliko'o ?
32. Sans verser de larmes
33-34. Il vous suffira de mourir
35. Casa del Amor
36. Le 3e œil du professeur Margerie
37-38. Villa des Quatre Vents
39. Le visiteur du vendredi
40-41. La Croix des Veuves
42-43. État de siège pour Mary Lester
44. Avis de gros temps pour Mary Lester
45. Les mécomptes du capitaine Fortin
46-47. Mary Lester et la mystérieuse affaire Bonnadieu
48-49. Ça ne s'est pas passé comme ça
50. C'est la faute du vent…
51-52. Fallait pas commencer
53-54. Le vautour revient toujours
55. Au rendez-vous de la Marquise
56-57. Retour au pays maudit
58. En secret à Belle-Île
59. L'ange déchu de Brocéliande - T1
60. L'ange déchu de Brocéliande - T2
61-62. Le château des âmes perdues
63. La disparue de la baie

LES AVENTURES DE FILOSEC ET BISCOTO (JEUNESSE)

1. Les naufragés de l'Île sans Nom
   Prix des Embouquineurs / Brest 1999
   Prix Loustig / Pont-l'Abbé 1999
2. Le manoir des hommes perdus
3. Les passagers du Sirocco - T1
4. Les passagers du Sirocco - T2
5. Monnaie de singe *(J.-L. Le Pogam)*

ROMANS HISTORIQUES

L'ombre du Vétéran
La Fontenelle, Seigneur de l'île Tristan

MAMMIG :
- Tome 1 - Les temps héroïques
- Tome 2 - Le temps des malamoks
- Tome 3 - Pêcheurs de haute mer

MÉMOIRES

Mémoires d'un petit Quimpérois
Le petit Quimpérois s'en va en guerre

THÉÂTRE

Authentique Histoire de Bélise…
Prix des Écrivains Bretons 1998
Le Festin des Gueux *(Éditions Les Mandarines)*

NOUVELLES

Le gros lot
L'homme que je n'ai pas tué

À MES AMIS

Bernard Chacun

Christian Mailloux

Pierre Le Seach

Claude Jaouen

André Rosuel

Jean-François Chaussepied

REMERCIEMENTS

Martine Bertéa

Karine Body

Laurine Cadiou

Jean-Claude Colrat

Delphine Hamon

Myriam Henvel

Annie Le Chevanche

Meven Le Donge

Adrien Le Meur

Fanny Maily

Myriam Morizur

Nathalie Simon

Laure Thomas

Chapitre 1

Il était enfin arrivé, ce fichu jour ! De tout le mois de juin, on n'avait pas vu une goutte de pluie, si bien qu'à la campagne les prairies jaunissaient et les feuilles tendres des arbres s'étiolaient. Dans les pâtures desséchées, les troupeaux attendaient en meuglant lugubrement que le fermier vînt approvisionner avec une grosse citerne métallique montée sur roues les abreuvoirs dramatiquement vides.

Et voilà qu'à l'horizon, une bande de nuages noirs annonçait enfin le changement de temps tant espéré.

Mary Lester, qui avait l'oreille fine, perçut un grondement dans le lointain ; elle leva les yeux du magazine qu'elle feuilletait distraitement.

Confortablement étendue dans un transat sous le feuillage diffus de la glycine-arbre qui prospérait au milieu de son petit jardin, havre de paix et de verdure en plein cœur de la ville, elle se sentait parfaitement bien.

Son amie Amandine, qui ne concevait pas qu'on pût rester sans rien faire au milieu de l'après-midi, désherbait les plates-bandes en lui jetant régulièrement un regard sombre, lourd d'incompréhension.

Il en eût fallu bien plus pour troubler la sérénité du commandant Lester qui avait depuis belle lurette renoncé à faire admettre à sa chère amie que lire et réfléchir pouvaient aussi être des travaux à temps complet. Elle annonça d'une voix calme :

— Je crois que vous allez être contente, Amandine…

Celle-ci redressa sa courte taille et essuya d'un revers de main son front où perlaient quelques gouttes de sueur.

— Que dites-vous ?

Fortin n'aurait pas manqué de remarquer que cette bonne Amandine commençait à être un peu « dure de la feuille ».

— Je dis, fit Mary en montant le ton, qu'il ne va pas tarder à pleuvoir.

Amandine leva le nez vers l'horizon et s'exclama, ravie :

— Ma foi, je crois bien que vous avez raison. Ce n'est pas trop tôt !

Le printemps avait été anormalement aride. Cependant, le jardin clos de murs de Mary Lester, par la grâce du vieux puits de pierre que les anciens avaient creusé trois siècles plus tôt, recevait sa dose d'eau quotidienne, Amandine y veillait scrupuleusement, mais sans débordements.

Quelques grosses gouttes s'écrasaient maintenant sur le zinc du toit et sur la verrière avec un bruit mou.

Mary s'empressa de refermer sa revue, de replier le transat de toile et de bois et de se réfugier sous la véranda qui était à deux pas. Amandine la suivit et fila vers sa cuisine.

— Je vais faire le thé !

L'averse se déchaîna tout à coup, plongeant cet abri de verre dans un univers glauque. Les filets d'eau qui ruisselaient sur les vitres donnaient l'impression qu'on se trouvait non pas dans un appartement douillet, mais dans un sous-marin en immersion dans la tempête.

Confortablement installé sur le canapé, à sa place favorite, Mizdu, le grand chat noir de Mary Lester, leva la tête et la jeune femme, qui connaissait bien ce mini-fauve hérité de la *gwrac'h*[1], s'inquiéta :

— Eh bien, qu'y a-t-il, mon matou ?

Elle s'approcha et lui gratta doucement la tête entre les deux oreilles, caresse que le chat appréciait particulièrement. Il se redressa, descendit du canapé avec majesté, comme il faisait toute chose, se dirigea vers la porte, s'assit et considéra Mary avec insistance.

Elle comprit immédiatement que Mizdu attendait qu'on lui ouvre. Elle s'exécuta immédiatement mais le matou changea d'avis en découvrant la pluie. Le gros de l'averse était passé et le roulement du déluge sur le toit de zinc, apaisé. Seules gargouillaient les gouttières qui avaient du mal à absorber le trop-plein d'eau qui s'était abattu sur la ville. Tendant l'oreille, elle perçut alors des coups sourds qui résonnaient sur la porte d'entrée du jardin, coups que le chat qui avait l'ouïe fine avait entendus bien avant elle.

— Il y a quelqu'un qui frappe ! dit-elle à son amie, qui venait de déposer un plateau portant des tasses et une grosse théière fumante.

Amandine, qui n'aimait pas qu'on trouble ces instants d'intimité avec « sa petite », comme elle appelait Mary, demanda, contrariée :

---

1. *Voir* La Bougresse, *même auteur, même collection.*

— Vous attendez quelqu'un à cette heure-ci ?

Mary consulta sa montre et remarqua :

— Il n'est que dix-huit heures…

Elle secoua la tête négativement.

— Non, je n'attends personne…

— Alors, qui ça peut bien être ?

Mary leva les épaules avec une moue interrogative.

— Je n'en sais rien, le mieux serait d'aller voir.

Elle aussi était agacée. Ces visites intempestives ne présageaient en général rien de bon.

Avant d'ouvrir la porte de gros bois brut, elle jeta un œil par le judas que, par mesure de prudence, son ami Yann avait installé. Elle ne vit qu'une silhouette qui s'était protégée tant bien que mal de l'averse en s'engonçant dans le col de son imperméable.

Rassurée, elle tira l'épais verrou de fer et ouvrit la porte. Ce qu'elle avait pris pour une frêle silhouette se déplia et elle s'aperçut qu'elle avait affaire à une très belle femme qui la dominait d'une tête et qu'elle ne connaissait pas.

— Madame ? demanda-t-elle, surprise.

La grande bringue, car elle avait décidé instantanément que cette visiteuse appartenait à une catégorie redoutable entre toutes, celle des raseuses, lui répondit d'une voix un peu éraillée :

— Larmenciel, Sophie Larmenciel.

Mary serra la main humide et froide qu'on lui tendait et, sur la défensive, demanda :

— On se connaît ?

— Je ne crois pas. À vrai dire, j'aurais voulu rencontrer l'inspecteur Lester. On m'a dit qu'il habitait ici.

Comme Mary, toujours sur son quant-à-soi, ne répondait pas, madame Larmenciel eut un mouvement de recul.

— Je me suis trompée ?

— Pas vraiment, Madame, il n'y a pas d'inspecteur Lester puisque, dans la police, il n'y a plus d'inspecteurs, mais des lieutenants, des capitaines et des commandants, comme dans l'armée.

— Ah, s'exclama la femme, décontenancée, ça change quoi ?

— À vrai dire, pas grand-chose, reconnut Mary. Il n'y a pas d'inspecteur Lester, mais un commandant Lester, et il est devant vous.

— Ah ! dit de nouveau la dame Larmenciel. Un commandant… Mais… mais… vous êtes une femme !

Mary confirma en retenant un sourire.

— Oui, Madame, des pieds à la tête depuis un bon moment, et je n'ai pas l'intention de changer de sexe pour sacrifier à la mode. Je suis LE commandant Lester, et surtout pas la commandante, car c'est un grade qui n'existe pas plus dans la police que dans l'armée.

— Ah… reprit la visiteuse, un peu déstabilisée par cette réponse. Mais vous êtes quand même dans la police ?

Elle n'avait pas l'air d'y croire. Mary confirma une nouvelle fois :

— Il paraît…

— Comment ça, il paraît ?

Mary regarda ostensiblement sa montre. Ce petit jeu commençait à être un peu longuet.

— Je suis commandant de police aux heures d'ouverture des bureaux du commissariat. Ici, dans mon domicile, je ne suis que la citoyenne Mary Lester.

Elle vit que son interlocutrice paraissait être aux prises avec un incoercible tremblement.

— Vous avez froid ?

Madame Larmenciel fut secouée par un grand frisson.

— Un peu, reconnut-elle.

Elle avait fait le pied de grue sous le déluge avant que Mary lui ouvrît et elle semblait gelée. Mary n'eut pas la cruauté de la laisser sur son seuil. Elle se résigna à lui dire dans un soupir :

— Entrez donc ! Nous serons plus à l'aise à l'intérieur pour causer.

Chapitre 2

Après un bref mouvement d'hésitation, madame Larmenciel suivit Mary avec circonspection et pénétra dans la véranda, puis dans la pièce à vivre où Mary avait sa cheminée, le piano hérité de sa maman, le grand canapé sur lequel se plaisait tant Mizdu et, derrière un rideau, son grand lit douillet.

Depuis la cuisine, des bruits de casserole montraient qu'Amandine « avait ses nerfs », comme elle disait lorsqu'elle était remontée. Ce vacarme marquait sa désapprobation devant ce qu'elle considérait comme un envahissement de leur petit sanctuaire.

Mary sentit qu'il était urgent d'apaiser sa vieille amie qui avait souvent la tête près du bonnet. Elle ouvrit la porte de la cuisine et lança d'un ton enjoué :

— Venez donc par là, Amandine, nous avons de la visite.

— Je ne voudrais pas déranger, répondit-elle d'un ton pincé.

La voix de Mary se fit lénifiante :

— Est-il question de ça ?

Et, en aparté, elle lui chuchota à l'oreille :

— C'est une femme bizarre, ne me laissez pas seule avec elle. Je voudrais bien avoir votre avis.

Le visage d'Amandine s'éclaira. Si c'était pour rendre service, alors... Elles entrèrent toutes les deux dans la pièce de séjour et Mary fit les présentations :

— Voici une amie très chère, madame Trépon, qui me tient compagnie. Cette grosse bête noire est mon chat, Mizdu, le gardien du foyer. Ne vous y fiez pas, il a l'air gentil comme ça, mais il ne fait pas bon le contrarier. Il a parfois mauvais caractère et il faut lui parler avec déférence.

Madame Larmenciel observa le matou avec respect.

— Je me garderai bien de le contrarier ! Bonsoir, monsieur Mizdu !

Le chat s'étira, bâilla et fit « merouin ». Mary sourit.

— Je crois que vous avez fait bonne impression.

Elle poursuivit les présentations :

— Et voici madame Larmenciel, ma chère Amandine, qui est venue rencontrer le commandant Lester pour...

Elle se tourna vers la visiteuse.

— Au fait, pour quoi ? Vous ne me l'avez pas encore dit...

La femme continuait à trembler. Mary s'exclama :

— Mais quittez donc ce vêtement, il est trempé !

Amandine l'aida à se défaire, plaça l'imper sur un cintre qu'elle alla suspendre dans la salle de bains tandis que Mary portait une allumette dans le petit bûcher tout préparé dans la cheminée. Une longue flamme bleue s'éleva bientôt et la visiteuse en frissonna d'aise.

— Vous prendrez bien un thé, proposa Mary.

— Euh… vous n'auriez pas quelque chose de plus fort ? Je sens que j'ai besoin d'un coup de fouet.

— Un cognac ?

— Ça serait parfait.

Il n'y avait guère de boissons fortes dans la cave de Mary Lester. C'est Amandine qui détenait les liqueurs dans sa cuisine, car, en fin cordon-bleu, elle flambait certaines préparations. Elle posa sur la table basse un verre ballon à demi-plein d'un liquide ambré que la dame Larmenciel guigna aussitôt avec un intérêt mal dissimulé.

La grosse théière d'argent avait gardé le Ceylan à la bonne température. Amandine fit le service et Mary, après avoir bu deux gorgées, en vint aux choses sérieuses.

— Donc, vous vouliez rencontrer le commandant Lester…

— C'est ça, oui.

— À quel propos ?

Avant de répondre, comme pour prendre des forces, madame Larmenciel saisit le verre d'une main tremblante et le vida en trois gorgées. Miraculeusement, son tremblement disparut ; Mary eut alors la confirmation de ce qu'elle avait subodoré au premier contact : la grande bringue tenait bien la toile, mais c'était une adepte des boissons fortes ! Jusqu'où ? À voir…

— C'est que, dit-elle enfin en jetant un coup d'œil oblique vers Amandine, ce que j'ai à vous dire est très personnel et…

Mary tint à mettre les choses au point immédiatement.

— Et la présence de madame Trépon vous gêne…

— Elle ne me gêne pas, elle me retient.

De ce fait, c'était Amandine qui se sentait gênée. La tête baissée, elle évitait de croiser le regard de la visiteuse.

— Madame Trépon n'est pas seulement ma cuisinière et ma jardinière, c'est aussi ma confidente. Je n'ai pas de secret pour elle. Maintenant, si sa présence vous gêne réellement, vous ne m'avez encore rien dit de votre affaire. On peut en rester là. On finit nos verres et on se quitte en bons termes.

Comme la dame Larmenciel avait séché son cognac plus vite que son ombre, il n'y avait plus qu'à prendre congé. Il y eut un moment de flottement puis, semblant regretter qu'Amandine ne remette pas la tournée de cognac, elle se jeta à l'eau :

— Euh… À vrai dire, je ne sais pas par quoi commencer.

Mary lui vint en aide :

— Que faites-vous dans la vie, chère Madame ?

— Je gère un hôtel-restaurant, La Table de Bacchus… Vous connaissez, je suppose ?

— Ce nom ne m'est pas étranger, avoua Mary.

La Table de Bacchus était en effet un restaurant renommé des quais de l'Odet.

— Depuis longtemps ?

— Depuis qu'il est ouvert, ça fera huit ans à Noël.

— Vous avez toujours travaillé dans l'hôtellerie ?

— Oui…

— Ça vous plaît ?

Elle haussa les épaules tristement.

— Il faut bien faire quelque chose.

Mary sentit la faille. Elle insista :

— C'est un métier particulier, qui a bien des contraintes…

— Quel métier n'en a pas?

— Certes, mais les horaires sont particulièrement exigeants dans les métiers de bouche.

— C'est vrai, la vie familiale s'en ressent parfois, mais on s'y fait.

Un bref sourire détendit un instant ses lèvres pleines.

— Je crois savoir que dans la police, le problème se pose également.

Mary acquiesça et demanda:

— Vous êtes mariée?

— Non, mais j'ai tout de même des enfants.

Mary et Amandine échangèrent un regard interrogateur. Que cachait cette phrase? La voix de madame Larmenciel se teinta d'amertume:

— Enfin, j'avais trois filles, je n'en ai plus que deux.

Mary la fixa dans les yeux.

— Seriez-vous la mère d'Aude Larmenciel?

La femme hocha la tête douloureusement.

— Ah… vous êtes au courant?

Comment Mary aurait-elle pu ne pas être informée de la disparition mystérieuse d'une jeune femme de vingt ans jusque-là sans problème? Un corps, ou ce qu'il en restait, avait été découvert par des pêcheurs au large d'une plage au nom prédestiné, la baie des Trépassés, toute proche de la pointe du Raz. L'état de ce débris humain et son long séjour dans la mer n'avaient pas permis d'identification, et les analyses étaient encore en cours. Il s'agissait, semblait-il, d'une femme, jeune, dont la mort remontait approximativement à l'époque de la disparition d'Aude Larmenciel. Les médias n'avaient pas hésité à faire le rapprochement. Madame Larmenciel, devant le déchaînement médiatique qui s'était ensuivi, avait fini par admettre que sa fille était probablement morte.

— C'est terrible. Permettez-moi de vous présenter mes très sincères condoléances.

— Merci, dit la visiteuse, mais ce ne sont pas des condoléances que je suis venue chercher. J'en ai reçu plus que de raison et ça ne me rendra pas ma fille.

Elle regarda Mary dans les yeux.

— Rien ne me rendra ma petite Aude.

— Hélas ! compatit Mary.

Ce n'était pas très original, elle en avait bien conscience, mais que dire d'autre à une mère affligée ?

— L'enquête a conclu à un accident…

— Et vous n'y croyez pas ?

— Non ! J'ai la conviction qu'Aude a été assassinée.

Mary vit Amandine tressaillir en lâchant un « oh ! » indigné.

— La police n'a pas trouvé d'indices corroborant cette hypothèse, dit Mary, et je ne vois pas ce qu'on pourrait trouver de plus. D'autant que, lorsque ce corps a été découvert par des pêcheurs, il séjournait depuis un bon moment dans la mer et était très abîmé.

— Je sais tout ça, dit madame Larmenciel en retenant ses larmes.

— Alors, qu'espérez-vous de plus ?

Après un silence, elle ajouta :

— L'affaire a été menée par des enquêteurs que je connais bien. Ils sont particulièrement compétents et efficaces. S'ils ont conclu à une mort accidentelle, c'est qu'ils n'ont rien trouvé qui puisse les mener à une autre conclusion.

Madame Larmenciel ne comprit pas ce que disait Mary.

— On m'a laissé entendre que l'inspecteur Lester était particulièrement efficace et…

— Madame Larmenciel, fit Mary doucement, j'appartiens à la police nationale et je ne peux pas me livrer à des enquêtes particulières…

Sa visiteuse protesta très vite :

— Je vous payerai… Je ne suis pas riche, mais je me priverai s'il le faut ! Dites-moi votre prix !

— Il ne s'agit pas de cela, Madame, j'appartiens à l'administration et j'ai un chef, le commissaire divisionnaire Fabien. C'est lui qui détermine mes missions.

— Où peut-on le voir ?

— Au commissariat de Quimper, en prenant rendez-vous…

— Ah ! répondit-elle, décontenancée.

Mary ajouta calmement :

— Cependant, je voudrais vous épargner une démarche vouée à l'échec.

Madame Larmenciel demanda, alarmée :

— Croyez-vous qu'il ne voudra pas me recevoir ?

— Loin de moi cette idée. Le divisionnaire Fabien est un homme courtois. Il vous recevra bien, il vous écoutera, mais ce sera peine perdue.

— Pourquoi ?

— Parce que cette décision ne lui appartient pas.

— Elle appartient à qui, alors ? C'est pourtant bien lui, votre chef !

— Assurément. Mais lui aussi a une hiérarchie qui fixe ses missions.

— Le préfet ?

— Oui. Et au-dessus du préfet, le ministre de la Justice. Cette affaire a mobilisé quatre des meilleurs limiers de la SRPJ de Rennes qui, je vous l'ai dit, ne sont pas les premiers venus. Ils ont conclu à une mort accidentelle pour une raison indéterminée.

— Que signifie ce jargon ?

— Ce sont les termes appropriés. Cela signifie qu'il peut s'agir d'un suicide, d'un accident, d'un crime...

Il y eut un silence et Mary ajouta :

— La justice a bien assez à faire et elle ne reviendra pas sur un tel dossier. Des événements aussi tragiques que celui de la disparition d'Aude, il y en a malheureusement au moins un par semaine dans notre pays et il n'y a pas suffisamment de flics pour les traiter tous.

— Je sais ! dit madame Larmenciel avec un mouvement d'impatience. Il n'y a pas assez de juges et si, par miracle, il s'en trouvait, il n'y aurait pas assez de prisons pour enfermer les monstres capables de tels actes.

— Ce n'est pas faux, mais quand bien même il y aurait assez de gens de justice pour condamner les criminels, assez de prisons pour les enfermer et assez de geôliers pour les garder sous clef, il manquerait toujours quelque chose d'essentiel.

— Quoi donc ? demanda avidement la mère éplorée.

— Un élément nouveau pourrait être déterminant afin qu'une deuxième enquête puisse être diligentée.

Madame Larmenciel ouvrit son sac à main pour y enfouir son mouchoir et en sortit une photo. C'était celle d'une jeune fille aux traits irréguliers, assez belle cependant, au sourire un peu niais qui avait pour elle le charme de ses vingt ans. Elle souriait à la vie sous un casque de longs cheveux vaguement roux mal peignés. Une sauvageonne sympathique, entourée de fleurs.

— Elle a beaucoup de charme, dit Mary prudemment. Où cette photo a-t-elle été prise ?

Cette phrase arracha un long sanglot à la mère.

— C'était ma petite fille et on me l'a tuée…

— Où cette photo a-t-elle été prise ? insista Mary.

— Dans une jardinerie.

— Quel âge avait-elle ?

— Quand on a pris la photo ?

— Oui…

— Vingt ans, c'était peu de temps avant sa disparition.

Mary hocha la tête, bouleversée par le profond chagrin de madame Larmenciel, et Amandine écrasa une larme. Quel gâchis ! Elle n'aurait pas donné plus de seize ans à cette gamine qui paraissait à peine sortie de l'adolescence. Qu'allait-elle dire pour s'en sortir ?

— Madame Trépon va prendre vos coordonnées et je vous donnerai mon téléphone pour le cas où quelque chose vous reviendrait.

— Quelque chose comme quoi ?

— Comme un élément nouveau par exemple.

Madame Larmenciel semblait désorientée.

— Mais encore ?

— Un fait, un témoignage tardif qui aurait échappé à mes collègues.

Mary n'y croyait guère et elle avait entrouvert cette porte un peu lâchement pour se sortir d'une situation qui devenait pénible.

Madame Larmenciel demanda, pleine d'espoir :

— Dans ce cas, l'enquête serait reprise ?

— Probablement, mais, comme je vous l'ai dit, ça ne dépend pas de moi ni même de mon patron, c'est de la compétence d'un juge.

Dix-neuf heures sonnèrent au clocher de l'église voisine de Saint-Mathieu. Madame Larmenciel se leva soudain.

— Il faut que je me presse, je tiens à être à La Table de Bacchus avant l'ouverture pour m'assurer que la mise en place a été faite correctement.

Mary l'accompagna jusqu'à la porte, la suivit du regard jusqu'à l'entrée de l'ancienne école Saint-Mathieu devenue une résidence à loyers modérés, là où habitait Amandine. Puis elle rentra songeuse dans son domicile. Sa voisine rangeait le plateau contenant les tasses vides, la théière, et aussi la coupelle de croûtes d'amandes.

Chapitre 3

Mary rompit le silence qui s'était installé après le départ de la visiteuse.

— Eh bien, ma chère amie, qu'en dites-vous ?

Amandine renifla dans son mouchoir.

— C'est bien triste, reconnut-elle, mais tout de même, quel culot que de débarquer chez vous le soir sans crier gare !

Visiblement, elle n'avait pas encore digéré cette intrusion, peut-être parce qu'elle en avait été fort troublée.

— Elle n'avait pas l'air d'avoir inventé l'eau chaude, cette gamine !

— On n'en a vu qu'un bout ! remarqua Mary.

— Comment ça ?

— On n'a vu que la tête !

— Bah, fit Amandine, c'est bien assez ! Enfin, puisque sa mère la trouvait belle…

— C'est sa mère, dit Mary, une maman est toujours indulgente, surtout dans un cas comme celui-là. Perdre une enfant si jeune dans des circonstances pour le moins troubles est sûrement une épreuve dont ni vous ni moi ne pouvons nous rendre compte.

— Et pour cause, dit Amandine, nous ne sommes mères ni l'une ni l'autre. Qu'allez-vous faire à présent ?

— Cette visite m'ayant laissé un goût amer dans la bouche, je vais me changer les idées en faisant une petite heure de piano.

Cette annonce amena un large sourire sur le visage d'Amandine.

— Pendant ce temps, je vais mettre le souper en train. Un potage de légumes suivi d'un filet de tacaud à la poêle accompagné de pommes de terre sautées et d'une salade, ça vous irait ?

— Admirablement, ma chère, à condition que nous le partagions, ce dîner !

— D'accord, mais je voudrais tout de même pouvoir assister au match de rugby féminin.

— Allez bon, les filles jouent au rugby à présent ?

— Oui, ma chère, et elles jouent même plutôt bien !

Mary la rassura, elle savait combien Amandine était férue des matchs de foot ou de rugby des équipes nationales.

— Vous partirez quand vous voudrez, je me chargerai de la vaisselle.

— Sûrement pas ! protesta Amandine. Je ferai ça demain matin sans me presser.

Elle ajouta, bourrue :

— D'ailleurs, vous ne savez pas faire la vaisselle.

— Ben ça ! fit Mary, faussement indignée. Je ne sais pas faire la vaisselle ? Quelle mauvaise foi !

— Non, vous rangez tout à tort et à travers et après, je ne m'y retrouve plus.

Mary la regarda sévèrement.

— Amandine, vous êtes une maniaque !

— C'est ça, commandant, c'est ça ! persifla la cuisinière. En attendant, faites-moi de la musique !

Mary s'exécuta, faisant des infidélités à Mozart et Chopin pour se remettre aux romances d'avant-guerre que la maman d'Amandine avait dû lui chantonner lorsqu'elle était encore dans son berceau : le répertoire de Trenet, *le Chaland qui passe*, de Jean Sablon, *Vous qui passez sans me voir*… et même de Gilbert Bécaud, *Mes Mains*, les romances sucrées des chéris de ces dames s'égrenèrent pour le plus grand plaisir d'Amandine.

Après ce délicieux repas, Mary n'eut aucun scrupule à tout laisser sur la table. Après tout, Amandine l'avait exigé.

Chapitre 4

Lundi matin

Après la bise à Fortin qui sacrifiait au rite de la première heure de la matinée à prendre le pouls du sport français dans son journal *l'Équipe*, Mary fila directement chez Passepoil qui avait déjà le nez sur ses écrans d'ordinateur. Il était tellement absorbé qu'il tressaillit en l'apercevant.

— Oh, Mary…

Elle rit.

— Bonjour, Albert, je t'ai fait peur ?

Il protesta vigoureusement :

— Oh non ! Seulement je ne m'attendais pas…

— Tu ne t'attendais pas à quoi ? À me voir si tôt ?

— C'est ça. Une urgence ?

Elle secoua la tête négativement.

— Non, une curiosité, tout simplement. Aude Larmenciel, ça te dit quelque chose ?

Le visage de Passepoil afficha une perplexité qui eût pu le faire passer pour un benêt.

— Ça devrait ?
— Je te le demande.
— Qu'est-ce qu'elle a fait ?
— Elle est morte.

La nouvelle n'affecta pas Passepoil outre mesure. Il faut dire qu'il commençait à être habitué à voir défiler les cadavres et, tant qu'il n'était pas obligé d'aller les identifier à la morgue, ça restait pour lui une pure abstraction ; et une abstraction est toujours moins impressionnante qu'une chose concrète (et en plus n'a pas d'odeur). Donc, ça ne l'impressionnait pas plus que ça.

— Ah… Quand ça ?

— Je ne sais pas, mais son corps a été découvert par des pêcheurs voici un mois.

— Une noyade ?
— Je ne sais pas…
— Alors… Que veux-tu que je fasse ?

— Une recherche sur tout ce qui a été écrit à propos de ce drame.

— D'accord, dit Passepoil après un temps de réflexion, Larmenciel, as-tu dit ?

— C'est ça. L A R M E N C I E L, Aude.
— Je m'y colle immédiatement.

Les longs doigts fins d'Albert Passepoil volèrent sur le clavier.

— Ne t'affole pas, Albert, ces recherches sont, pour le moment, strictement personnelles. Tu opères à temps perdu et tu me fais parvenir tes résultats par mail sans rien dire à personne.

— OK, dit Passepoil.

La requête de Mary Lester était inusitée, mais, dès qu'elle émanait du commandant Lester, l'informaticien ne se posait pas de questions.

En redescendant à son bureau, Mary croisa le commissaire qui arrivait. Il la salua courtoisement :

— Bonjour, Mary. Avez-vous passé un bon week-end ?

— Excellent, monsieur le divisionnaire, je vous remercie.

— Très bien ! Je vais préparer notre réunion.

C'était une tradition chaque début de semaine, le commissaire réunissait les OPJ pour faire un point sur les affaires en cours et pour répartir les nouvelles enquêtes et, éventuellement, suggérer de nouvelles pistes.

Mary rejoignit donc le petit bureau qu'elle partageait avec Fortin.

— Je viens de croiser le patron, dit-elle. Réunion sous peu…

— Comme d'hab, quoi, soupira Fortin en repliant négligemment son canard.

— Comme d'hab…

Il bâilla.

— J'espère qu'il va nous trouver une occupation plus excitante que celle que j'ai en ce moment.

Elle regarda le tas de fiches concernant la petite délinquance qui s'entassait sur le bureau du capitaine Fortin et jeta avec dérision :

— Dis donc, tu n'es pas près d'être au chômage !

— M'en parle pas, soupira Fortin, j'ai l'impression de vider la mer avec une passoire. Quand j'ai enregistré cinquante plaintes, une vague scélérate m'en recolle cent pour le lendemain. C'est lassant ! Et toi ?

— Depuis Tréguier[2], je suis en roue libre.

— T'inquiète pas, dit Fortin, le vieux va bien te trouver quelque chose de gratiné.

---

2. *Voir* Le château des âmes perdues, *tomes 61 et 62, même auteur, même collection.*

Elle jeta, insouciante :

— On verra bien…

En fait, on ne vit rien. Le patron s'enquit auprès des chefs de groupe de l'avancée des affaires en cours. Comme il le faisait souvent, après avoir clos la séance, il fit un signe discret à Mary Lester et attendit que la salle se fût vidée pour lui glisser :

— Venez donc jusqu'à mon bureau, commandant.

Elle ne le suivit pas immédiatement, mais passa voir Fortin.

— Le commissaire veut me voir.

— Je m'en serais douté, marmonna le grand. Tu reviens me dire de quoi il s'agit ?

Elle acquiesça et emprunta l'escalier qui menait au saint des saints.

Chapitre 5

Après les civilités d'usage, le commissaire lui présenta un siège face à son bureau, prit place dans son fauteuil directorial, plaqua ses mains l'une contre l'autre et, fixant Mary droit dans les yeux, demanda à brûle-pourpoint :

— Commandant Lester, que magouillez-vous avec madame Larmenciel ?

Elle s'était attendue à tout, sauf à cette question. Elle bafouilla pitoyablement :

— Mais, comment ?

Le patron ne la lâchait pas du regard, ravi d'avoir pu, pour une fois, la prendre de court.

— Comment je l'ai su ? N'a-t-elle pas frappé à votre porte hier soir à vingt heures ?

— Si fait, j'ai eu en effet une visiteuse, mais il n'était pas vingt, mais dix-huit heures.

Le commissaire esquissa un geste d'agacement.

— Qu'importe… Cette femme est restée une bonne heure chez vous.

— Jusqu'à dix-neuf heures, en effet.

— Qu'était-elle venue faire ?

— Nous raconter une bien triste histoire.

Le commissaire leva le nez.

— Nous ? Vous n'étiez pas seule ?

— Non, Amandine Trépon était là. Nous nous apprêtions à prendre le thé quand un déluge a éclaté. Tout d'abord, nous n'avons pas entendu frapper à notre porte tant cette pluie torrentielle tambourinait fort sur la toiture de zinc.

— Alors vous l'avez fait entrer…

— Oui, la pauvre était restée sous l'averse, elle était trempée et frigorifiée. Amandine lui a servi un bon coup de fort pour la réconforter.

— Un coup de fort, hein ? demanda Fabien d'un air entendu.

— C'est ça, deux doigts de cognac dans un verre ballon.

Elle trouvait que le commissaire la toisait d'un drôle d'air.

— Pourquoi me regardez-vous comme ça ? C'est défendu ?

— Pas encore, dit comme à regret le commissaire. Poursuivez, je vous prie !

Holà, on la priait à présent ! Que dissimulait cet excès de courtoisie ?

— Cette dame nous a raconté la tragique histoire de sa fille cadette qui avait disparu depuis plusieurs mois et dont le corps a été retrouvé en état de décomposition avancée dans un filet par des pêcheurs bigoudens. Elle est intimement convaincue que son enfant a été assassinée, mais…

— Mais, compléta le commissaire, après une enquête du SRPJ de Rennes, faute d'indices probants, ces messieurs ont dû rendre les armes et conclure à une mort accidentelle.

— C'est ce que m'a dit madame Larmenciel.

— Alors, que voulait-elle ?

— Elle cherchait un certain inspecteur Lester dont on lui avait vanté la perspicacité. Je l'ai détrompée tout naturellement en lui expliquant que j'étais le commandant Lester, que le tribunal avait classé cette affaire et qu'il était donc hors de question d'obtenir une ordonnance de complément d'enquête.

Elle regarda le commissaire.

— Que pouvais-je faire d'autre ?

Fabien leva les épaules.

— Rien !

— Cependant, m'expliquerez-vous comment vous avez abouti au numéro 5 de la venelle du Pain-Cuit ?

— Cette dame a joué de malheur. Elle avait garé sa voiture sur le parking de l'église Saint-Mathieu et, en débouchant sur la route de Douarnenez, un jeune qui arrivait à toute vitesse du boulevard de Kerguelen a grillé le feu et a embouti sa Twingo.

— Elle a été blessée ?

— Non, heureusement. Elle est en surveillance à l'hôpital, choquée, mais sans aucune fracture. Elle a pu déclarer aux agents qui ont fait le constat qu'elle sortait de chez le commandant Lester.

— Voilà un mystère résolu. Et le chauffard ?

— Il s'est enfui, mais, blessé au genou, il ne courait pas aussi vite que d'habitude. Les flics l'ont rattrapé.

— Et alors ?

— Alors ? répliqua le commissaire, dépité. La routine… Dix-sept ans, pas de permis, voiture « empruntée », positif au cannabis et à l'alcool, et douze signalements au compteur.

— La totale, quoi !

— Ouais, fit le commissaire, désabusé. De quoi au moins se faire gronder par le juge, écoper de deux jours de garde à vue, deux mois de prison avec sursis et un stage de poney pour lui apprendre à être bon avec les animaux. Autant vous dire qu'il est sorti du tribunal en faisant un bras d'honneur aux flics qui l'ont arrêté. Quant à madame Larmenciel, elle ne s'en tirera pas aussi bien : sa voiture est détruite et, comble de malheur, elle avait 0,6 gramme d'alcool dans le sang, juste la mauvaise limite pour se faire gauler.

Il ajouta rageusement :

— Celle-là, on ne la loupera pas !

— Pauvre femme, elle n'avait pas besoin de ça !

— Quelle idée, aussi, de la faire boire du cognac à sept heures du soir !

— Je ne lui ai pas fait boire du cognac ! La malheureuse était transie et elle a réclamé quelque chose de fort pour récupérer.

— Elle a récupéré ?

— Oui. Elle claquait tant des dents qu'elle ne pouvait pas parler. Après avoir bu ces deux doigts d'alcool, son élocution est redevenue normale. Je ne sache pas qu'elle ait eu un comportement délictueux sur la route. Si l'autre fada ne l'avait pas percutée…

— Ouais, fit le commissaire, si… mais il l'a percutée et les flics ont fait leur boulot. Maintenant, l'enquête établira les responsabilités de chacun… Qu'avez-vous sur le feu actuellement ?

— Rien de bien prenant depuis ma mission à Tréguier… Mais je suppose que vous avez pris connaissance de mon rapport ?

— En effet. Une nouvelle fois, vous vous en êtes bien sortie.

Elle ne put résister à une taquinerie.

— Monsieur le préfet sera content ?

— Monsieur le préfet est satisfait, et son excellence le ministre de l'Intérieur aussi. Maintenant, penchez-vous un peu sur cette histoire d'Aude Larmenciel.

Elle le regarda, surprise.

— Vous y tenez ?

— Pas spécialement, mais monsieur le préfet y tient…

— Je suppose qu'il doit être actionné de là-haut ?

Elle avait braqué son index tendu vers le plafond, sa manière à elle d'évoquer une mystérieuse et toute-puissante hiérarchie.

Fabien leva les yeux au ciel.

— C'est évident ! Cependant, à titre personnel, je ne serais pas fâché que vous tailliez des croupières aux cadors du SRPJ de Rennes qui se sont cassé les dents et ont dû conclure à une mort accidentelle.

Mary sourit largement.

— Bien, patron. Comme dit Passepoil, je m'y colle immédiatement.

Le front du commissaire se plissa.

— Il dit ça, Passepoil ?

— Non seulement il le dit, mais encore, il le fait.

Elle ouvrit la porte et sortit en prononçant la phrase rituelle :

— Je vous tiens au courant.

Chapitre 6

Les rapports d'autopsie du corps trouvé par les pêcheurs bigoudens n'étaient pas des plus explicites. Il n'avait pas été identifié formellement et la conclusion indiquait « cause de la mort indéterminée ».

Ce rapport portait pourtant la signature du professeur André-Charles Le Divennec, directeur de l'institut médico-légal. Surprise, Mary Lester décida de rendre visite au vieux ronchon, comme elle appelait irrévérencieusement ce savant homme. Depuis qu'elle l'avait invité à partager des huîtres et le muscadet qui allait avec[3], ce dernier vouait une amitié sans faille au commandant Lester. À l'occasion, elle le désignait cavalièrement sous le vocable peu flatteur de « nécromancien en chef » ; venant de Mary Lester, pour laquelle il avait un faible, le directeur de l'IML ne faisait qu'en rire. Cependant, aucun autre flic ne se fut risqué à cette familiarité sans déclencher une ire jupitérienne qui eût ébranlé ce lieu de recueillement et de silence et cloué l'insolent au mur.

---

3. *Voir* Le vautour revient toujours, *même auteur, même collection.*

André-Charles Le Divennec ressemblait de plus en plus au célèbre professeur Rostand. Il cultivait d'ailleurs cette ressemblance avec une sorte de jubilation secrète. Son crâne rose luisait sous les néons et la chevelure blanche qu'il portait assez longue dans le cou, associés à de grosses lunettes d'écaille et à une paire de bacchantes à la gauloise, faisaient de lui un quasi-sosie du célèbre biologiste et académicien.

— Eh bien, voilà donc la commandante! s'exclama-t-il lorsque Mary entra dans le foutoir qu'était son bureau.

Il savait qu'elle avait horreur qu'on féminise son grade et cherchait visiblement par cette algarade à provoquer un de ces duels à fleurets pas toujours mouchetés qui étaient un jeu entre eux. S'il s'attendait à la voir démarrer au quart de tour, il fut cruellement déçu. Mary le salua avec déférence:

— Mes respects, monsieur le professeur!

Il s'inquiéta:

— Seriez-vous malade, mon enfant?

Elle le considéra curieusement.

— Qu'est-ce qui vous fait dire ça?

— Cet excès de politesse qui s'apparente à de la flagornerie...

Elle feignit l'admiration:

— Du diable, où allez-vous chercher ça?

Comme il la contemplait, un sourire ironique aux lèvres, elle précisa:

— Puisque vous vous inquiétez de ma santé, sachez qu'un de vos illustres prédécesseurs, le docteur Knock, prétendait que « tout bien portant est un malade qui s'ignore », alors je ne saurais répondre formellement pour ce qui me concerne.

L'allusion à cet « illustre prédécesseur » déclencha chez Le Divennec une colère aussi véhémente que factice.

— Ah, ne me parlez jamais de ce théâtreux de bas étage !

Elle attisa les braises.

— C'est pourtant un des médecins les plus connus du répertoire !

La réponse jaillit comme une balle.

— Ouais, avec Diafoirus !

Elle siffla admirativement entre ses dents.

— Diable, on a des lettres !

Il regimba, le mufle mauvais, avec le regard du taureau qui va charger.

— Qu'est-ce que vous croyez, petite ignorante ?

Il en fallait plus pour inquiéter Mary Lester qui agita la muleta.

— Vous avez oublié Pasteur…

— Et quelques autres, probablement. D'ailleurs, Pasteur n'était pas médecin, il était chimiste !

— Vous vous souvenez même de ça ?

D'un index jauni par le tabac, il se tapota le front.

— Qu'est-ce que vous croyez ? Qu'il y a de la béchamel là-dedans ?

— Sans aller jusque-là, je suis assez inquiète sur la baisse de vos facultés cognitives.

Le Divennec croisa les bras et jeta, menaçant :

— Attention, jeune fille, vous devenez de plus en plus insolente.

— Vous vous répétez !

Il balaya l'argument d'un revers de bras.

— Voudriez-vous insinuer que je deviens gâteux ?

Léger rétropédalage du commandant Lester.

— Sans aller jusque-là…

— Vous l'avez déjà dit et c'est déjà aller trop loin ! gronda-t-il en continuant à feindre la colère. Un peu de respect pour mes cheveux blancs, je vous prie.

Elle allait lui faire remarquer que les cheveux blancs vont souvent de pair avec les premiers signes de sénilité précoce, mais elle jugea qu'il n'était plus temps de mettre de l'huile sur le feu. Levant les mains en signe de reddition, elle concéda :

— D'accord, d'accord ! Ne montez pas sur vos grands chevaux !

Il s'emballa immédiatement et tonna :

— Je suis ici chez moi et vous ne me dicterez pas ma conduite !

— Votre conduite, non, mais votre attitude laisse à désirer. Je vous ai connu plus courtois.

— En revanche, vous êtes toujours aussi insolente !

— Oh, dit-elle modestement, je pourrais faire beaucoup mieux, vous savez !

— Ne vous forcez pas, c'est bien suffisant ainsi.

Elle rendit les armes.

— Soit ! Laissons là nos petits différends comportementaux. Je viens de lire votre rapport d'autopsie dans l'affaire Larmenciel.

— Et alors ?

— Alors, je le trouve bien succinct : « cause du décès indéterminée ». Ce manque de précisions ne vous ressemble pas…

— Avez-vous lu le prologue ?

— J'ai tout lu, et plutôt deux fois qu'une, bien que ce fût une littérature peu ragoûtante.

Le Divennec haussa les épaules.

— Si vous cherchez une littérature ragoûtante, jeune fille, ce n'est pas à l'IML que vous la trouverez, mais dans la Bibliothèque rose ou dans les bonnes recettes de cuisine de tante Marie! On m'apporte un tronc sans bras ni jambes, en état de décomposition très avancée, et je suis censé déterminer ce qui a causé la mort de ce quartier de bidoche. Ce débris humain a longuement séjourné dans la mer. Plus de viscères, plus de poumons... Je ne fais pas de miracles, jeune fille!

— Pourtant, vous avez pu lui mettre un nom!

— Pas du tout! Ce sont vos collègues... Ils cherchaient la trace d'une jeune femme qui avait disparu, une nommée... comment avez-vous dit?

— Aude Larmenciel.

— C'est ça, Aude Larmenciel. Une jeune personne d'une vingtaine d'années, jolie fille, d'ailleurs, ils m'ont montré la photo.

— Et vous en avez déduit...

Le professeur s'indigna:

— Pas moi, malheureuse! Vos pandores en ont déduit...

— Je pense plutôt que ce sont les journalistes, suggéra Mary.

— Ah, les journalistes... Pourquoi pas? Ils sont capables de tout pour vendre leur papier, ces gens-là! Ce débris humain sur lequel j'ai dû me pencher était indubitablement celui d'une jeune femme, la texture des os le prouve. En revanche, rien ne prouvait qu'elle avait été agressée.

Il leva les épaules.

— Vous pensez, depuis tout ce temps... Ça ne prouvait pas non plus qu'elle ne l'avait pas été.

— Comment ça? s'étonna Mary.

— Supposons, dit Le Divennec, qu'elle ait été tuée par arme à feu; la ou les balles ont pu traverser les chairs sans rencontrer un os. Si on a utilisé une arme blanche, c'est pareil, il ne subsistera pas de traces. Quant au poison, pas de viscères ; pas de crâne, donc pas de coup sur la tête…

— Voilà qui ne m'avance pas beaucoup.

— À l'impossible, nul n'est tenu ! dit sentencieusement Le Divennec.

— Puisque vous le dites… L'essentiel n'est-il pas d'avoir l'estime de soi-même ?

Il secoua la tête, résigné devant tant de mauvaise foi.

— Tss, la prochaine fois que j'aurai un cas de ce genre, je vous invite à assister à l'autopsie.

Elle fit une grimace douloureuse.

— Touchée, professeur ! Je n'y tiens pas le moins du monde !

Il émit un petit rire dédaigneux :

— Petite nature ! Qu'est-ce que vous recherchez exactement ?

— La date approximative de sa mort.

— Je serais bien en peine de la déterminer. Ce corps a séjourné trop longtemps dans la mer.

— Je vois.

— Il n'était pas très frais.

— Vous êtes un adepte de l'humour macabre, professeur.

Le Divennec leva les bras avec fatalisme.

— Ça doit être l'influence du lieu.

Il la regardait d'un air malicieux qui la mit en garde.

— Cependant, ajouta-t-il, je me suis fait une réflexion qui vous sera peut-être utile.

— Dites toujours, dit-elle, intéressée.

— Cette jeune fille, à ce que j'ai lu dans le dossier, a disparu depuis quatre mois…

— C'est à peu près ce que j'ai lu aussi. Et alors?

— Alors, le corps, ou ce qu'il en reste, n'aurait été retrouvé que trois mois après sa disparition…

Mary secoua la tête affirmativement.

— Environ.

— Soit, environ. Maintenant, supposons qu'elle se soit noyée accidentellement, on aurait retrouvé son corps bien avant ça, et pas dans cet état de décomposition avancée.

— Donc, dit Mary, le corps aurait été lesté pour qu'il ne remonte pas et il s'agirait alors d'un crime. Cependant, on l'a retrouvé dans un endroit fréquenté par les pêcheurs…

Le Divennec la titilla:

— Ce qui veut dire?

— Ce qui veut dire qu'à mon sens, s'il avait été jeté là juste après sa disparition, il aurait été découvert depuis longtemps.

Ces considérations donnaient à penser à Mary Lester. Elle finit par demander au professeur qui la considérait ironiquement:

— Quelle est votre hypothèse?

— En cette occurrence, je n'ai pas d'hypothèse, ma belle amie… Juste des réminiscences.

— Des réminiscences de quoi?

— Des réminiscences d'avoir lu dans un savant traité sur les mille et une manières de faire disparaître des corps, celle, particulièrement originale, d'un gang de *bootleggers* de la côte est des États-Unis. Oh, ça remonte au temps de la prohibition…

— Qu'avaient-ils inventé?

— Ils laissaient les corps de leurs victimes se décomposer pendant deux ou trois mois avant de les balancer à la mer.

— Ça devait sentir bon !

— Il paraît que les requins aiment ça. Si je me souviens bien, ils gardaient les corps de leurs victimes dans un élevage porcin des bords de mer. Au bout d'un mois ou deux, ce qui n'avait pas été dévoré par les porcs était rapidement nettoyé par les prédateurs aquatiques.

Cette évocation fit grimacer Mary Lester.

— Ils bouffent les macchabées humains, les porcs ?

— Et pourquoi pas ? Les humains bouffent bien du porc, juste retour des choses, non ?

— Je ne pourrai pas m'empêcher d'y penser lorsque je passerai devant une charcuterie. Mais, que je sache, il n'y a pas de requins là où le corps a été retrouvé.

Le Divennec ricana.

— Non, mais il y a des crabes, des bigorneaux en abondance. Huit jours de plus au fond de l'eau et les os auraient été blanchis.

— Donc, vous pensez que cette malheureuse jeune fille a connu ce triste sort ?

Le Divennec se dégagea prudemment.

— Un triste sort ? Évidemment ! Mourir dans la fleur de l'âge est un drame absolu. Hors ça, je ne pense rien de tel. Je dis simplement que ça aurait pu se passer ainsi.

— Mais vous n'en avez rien dit aux enquêteurs du SRPJ de Rennes !

— Holà ! Il y a bien assez du commandant Lester pour me soupçonner de déficiences cognitives ! Dire à ces petits génies que leur cadavre avait pu être dévoré par les crabes et les bigorneaux, vous imaginez le tollé et la grosse rigolade chez ces messieurs ?

— Alors, qu'est-ce qu'on fait maintenant ?

— Rien, dit le professeur. Causes de la mort indéterminées. C'est clair, non? La justice a entériné ces conclusions; rien ne prouvant que ce qui reste de ce corps avait subi des sévices, ces messieurs ont adopté la thèse de l'accident. Corps non identifié, dossier classé, point barre, comme disent les informaticiens.

Mary demeurait pensive. Le Divennec demanda:

— Ça ne vous convient pas?

Elle haussa les épaules.

— Cette pauvre fille a perdu ses bras et ses jambes, vous n'appelez pas ça des sévices?

— Ça en serait, reconnut Le Divennec, s'ils lui avaient été arrachés *ante mortem*. Mais rien ne permet de retenir cette hypothèse.

— Non, dit Mary, et rien ne permet d'affirmer que ce débris humain est le reste du corps d'une jolie jeune fille qui s'appelait Aude Larmenciel. Ça fait deux mystères pour le prix d'un!

Il y eut un silence, puis Le Divennec ajouta:

— Si le corps a été jeté à la mer en état de décomposition avancée, les membres ont bien pu s'en détacher tout seuls.

Mary restait sceptique. Le Divennec soupira.

— Je crains fort de ne pas pouvoir vous aider davantage… Mais qu'est-ce que ça change? Pour la justice, l'affaire est classée, non?

— Elle l'était, dit Mary, mais pour sa mère elle ne l'est plus. Il y a un fait nouveau: la mort d'Aude Larmenciel n'est plus avérée.

Le Divennec inclina sa tête chenue.

— Où qu'elle soit, paix à son âme.

Mary plaqua ses mains devant elle et s'inclina:

— Amen!

À nouveau, Le Divennec s'enflamma:

— Fichez-moi le camp, insolente !

Faisant mine d'être effrayée, elle gagna la porte et, avant de la refermer, s'inclina une nouvelle fois :

— Vos désirs sont des ordres, mon révérend.

S'il y eut une nouvelle explosion de fureur du vénérable professeur, elle ne l'entendit pas. Elle avait déjà dévalé l'escalier.

Chapitre 7

Madame Larmenciel continuait à pleurer sa chère petite fille sans savoir, ce qui aggravait sa peine, dans quelles circonstances elle avait disparu.

La mort de la jeune fille n'était plus une certitude, cependant, il eût été cruel de donner à sa maman des espérances qui seraient probablement déçues. Mary se garderait bien de lui faire part des nouveaux éléments qu'elle avait découverts.

Sophie Larmenciel habitait un appartement spacieux sur les bords de l'Odet, au Cap Horn, quartier de Quimper où jadis s'élevaient les grues qui déchargeaient lougres, goélettes et autres sabliers… Lui faisait face celui de Locmaria, berceau de la ville abritant encore les célèbres faïenceries et leurs bols à oreilles.

Elle reçut Mary le jour de fermeture de La Table de Bacchus.

— Vous avez du nouveau ? demanda-t-elle anxieusement en la faisant entrer dans une pièce à vivre qui regardait la rivière par une large baie vitrée.

— Hélas, non, Madame ! dit Mary en s'asseyant, à son invitation, sur un confortable canapé de cuir blanc.

Voyant l'air dépité de la pauvre femme, elle ajouta :

— Mais vous savez, mon enquête ne fait que commencer. J'aurais voulu vous demander quelques précisions.

Madame Larmenciel se posa dans un fauteuil face à Mary Lester.

— Je vous écoute…

— Vous avez trois filles, je crois.

— J'avais, en effet ; maintenant je n'en ai plus que deux…

Elle essuya une larme avec une serviette qu'elle tenait à la main.

— Aude, bien sûr, qui avait vingt ans…

— C'était la benjamine, je crois…

— La petite dernière, oui… l'aînée, Amélie, a vingt-huit ans. Elle est professeur de français au lycée Dupuy-de-Lôme à Lorient. Lucy, ma seconde, est chef de cuisine à La Table du Marin, à Auray.

— Elles sont célibataires ?

Madame Larmenciel répondit avec une fierté qui contenait une pointe de défi :

— Oui, comme moi, mais sans enfants pour le moment.

Mary répondit paisiblement :

— Et comme moi aussi.

Cette réponse dut quand même surprendre madame Larmenciel, qui ajouta après un instant de silence :

— Je ne me suis jamais mariée et mes trois filles ont chacune des pères différents. Je ne pense pas que ça puisse avoir une incidence sur la mort d'Aude, mais notre situation de famille est assez singulière pour qu'on puisse s'en étonner.

Mary eut un geste d'indifférence et assura avec un sourire :

— Il en faut plus pour m'étonner.

— Tant mieux, dit madame Larmenciel. Cependant, je préfère vous le dire avant que vous ne l'appreniez par une autre source. Vous auriez pu penser que je vous cachais quelque chose.

— En effet, reconnut Mary. Elles ont toutefois gardé votre nom.

— Oui.

— C'est un choix ?

— Tout à fait... Je sais que ça trouble les usages, mais...

— Mais ça ne regarde que vous, affirma Mary.

— Voilà... Les conventions bourgeoises, je m'assieds dessus. Je pense avoir choisi des géniteurs pour leurs qualités...

— Esthétiques ? suggéra Mary.

— Assurément, mais pas que... Les hommes beaux sont souvent bêtes et infatués par leur physique, bien que ce ne soit pas une règle intangible. On peut avoir un physique avantageux et être très brillant intellectuellement.

Elle parlait de sa « sélection » masculine comme un éleveur de chevaux lorsqu'il choisit l'étalon qui saillira sa jument favorite. Dans un autre contexte, avec des gens de la bonne société, cette conversation aurait fait scandale.

Mais ça ne troublait pas Mary Lester et Sophie Larmenciel parut apprécier.

— Avez-vous rencontré cet oiseau rare ?

— Je crois… Vous apprendrez aussi qu'après être sortie de chez vous, j'ai eu un accident : un jeune abruti qui avait volé une voiture m'est entré dedans au sortir de la place Saint-Mathieu. J'ai eu la chance de n'être pas blessée, mais ma voiture est morte. Certes, elle était vieille, mais elle faisait bien mon affaire.

Elle ajouta d'une voix teintée d'amertume :

— Comble de bonheur, j'ai fait virer l'éthylomètre. Je vais donc être poursuivie pour conduite en état d'ivresse.

— J'ai appris tout ça, en effet. Ce n'est vraiment pas de chance. Peut-être n'aurions-nous pas dû vous verser un cognac.

— Probablement, lâcha-t-elle laconiquement. Mais, à cet instant, j'en avais réellement besoin. Comme disait Chirac : « Les emm… volent toujours en escadrille. »

Elle étouffa un sanglot.

— Mais tout ceci n'est rien auprès de la perte de ma chère petite Aude.

Elle se moucha vigoureusement et poursuivit en énumérant les avantages qu'elle voyait à sa situation familiale :

— Être née de père inconnu simplifie bien des choses. Je n'ai eu de comptes à rendre à aucun de ces messieurs pour leur scolarité, les soins à leur donner où il fallait l'aval du père. J'ai horreur de la paperasse et des documents administratifs. En mentionnant « née de père inconnu », je supprimais la moitié de ces obligations.

— Ça ne leur a pas causé de difficultés à l'école ?

— Elles ne s'en sont jamais plaintes.

— Elles n'ont jamais cherché à savoir qui était leur père ?

— Si, mais je leur ai expliqué la situation comme je viens de le faire pour vous et nous en sommes restées là. J'ai toujours éduqué mes filles en leur apprenant qu'un jour, il ne leur faudrait compter que sur elles-mêmes. Ainsi, je n'ai pas été étonnée lorsqu'Aude m'a dit que j'avais assez donné en élevant trois enfants toute seule et que maintenant qu'elle était majeure, elle entendait être également autonome. Elle n'a jamais fait d'étincelles en classe, mais une chose est sûre, elle était plus débrouillarde que ses sœurs qui, elles, surtout Amélie, ont suivi une brillante scolarité.

— Vous parlez de celle qui est professeur ?

— Oui, Amélie est agrégée de lettres classiques.

Elle avait apporté cette précision avec des accents de fierté. Mary siffla entre ses dents.

— Excusez du peu ! Et la seconde ?

— Lucy ? Elle a choisi une autre voie, celle d'un apprentissage en alternance... Elle a servi dans de grandes maisons, chez Anne-Sophie Pic à Valence, puis chez Guy Savoy à Paris. Celui-ci a discerné chez elle de telles qualités qu'il n'a pas hésité, en dépit de son jeune âge, à la recommander à un de ses amis, propriétaire de La Table du Marin, à Auray.

— Pour en revenir à Aude, elle n'habitait plus avec vous, donc.

— Elle a toujours sa chambre, mais, dès qu'elle a trouvé une autre solution, elle a déménagé ses petites affaires.

— Ça n'a pas dû être facile. C'est un gros problème pour les jeunes de se loger.

— Aude a fait la connaissance d'un vieux couple qui habite près du chemin de halage, au bout du Corniguel. Dans leur grand jardin, il y avait un chalet en bois qui servait de remise à outils et qu'elle a été autorisée à aménager à sa guise pour avoir son petit coin à elle.

— Ça doit être d'un confort rudimentaire.

— Probablement. Je n'y suis jamais allée…

— Pourquoi ?

— Parce qu'elle ne m'a pas invitée.

— Tout de même, insista Mary, vous étiez sa mère…

— Je le suis toujours !

— Elle avait quand même l'appartement de maman pour venir faire sa lessive et prendre la douche, glissa Mary.

— Oui, mais elle n'en abusait pas, assura celle que Mary avait d'emblée surnommée « la grande bringue », irrévérencieusement et à tort.

Elle s'en rendait compte maintenant, « la grande bringue », comme on le dit vulgairement, avait la tête sur les épaules.

— Aude semblait heureuse comme ça et, moi, j'étais heureuse d'avoir ses visites, car je vois bien peu mes deux autres filles.

— Auriez-vous une photo de famille ?

— Vous voulez dire de mes filles et moi ?

— Oui.

— Je dois avoir ça, mais ça date déjà de deux ou trois ans.

Elle entreprit de fouiller dans un tiroir et sortit deux clichés.

— Tenez, c'est une des rares fois où nous nous sommes retrouvées toutes ensemble. Ça date du jour où Lucy a été nommée chef de cuisine à La Table du Marin. Elle était tellement fière qu'elle nous a invitées toutes les trois sans nous prévenir de la présence des autres. C'est un client d'une table voisine qui a pris la photo.

L'aînée, Amélie, tenait sa mère par les épaules. C'était une grande et belle brune qui ne rendait pas un centimètre de taille à sa mère. Lucy, en tablier blanc, sa toque de chef sur la tête, les bras croisés, fixait l'objectif avec un large sourire aux lèvres. Elle était plus petite et plus trapue que ses sœurs. Encore adolescente, longiligne et gracieuse, Aude complétait le tableau. Elle avait malicieusement posé la natte blonde de sa sœur sur son épaule. Elle arborait un sourire si éblouissant qu'il faisait oublier la banalité de son visage encadré par une opulente chevelure d'une blondeur tirant sur le roux qu'on appelle un blond vénitien.

— C'est une très belle photo, apprécia Mary.

— Oui...

Elle ajouta en riant tristement :

— Elle était belle, n'est-ce pas ?

— Elles sont toutes les trois très belles, Madame, et elles ont de qui tenir !

Madame Larmenciel hocha la tête sans commenter.

— Aude était-elle employée par ces deux vieilles personnes ?

— Pas vraiment. Elle leur rendait service, faisait les courses, conduisait la voiture quand le vieux monsieur était fatigué. En fait, ils étaient heureux d'avoir une présence à portée de voix. Leur propriété est assez grande, isolée, et avec tout ce qui se passe maintenant...

Mary se dit qu'avec les écorcheurs des temps modernes qui s'abattent sur la France comme un nuage de sauterelles, la pauvre gamine n'aurait pas pesé lourd en cas d'agression.

— Elle ne payait donc pas de loyer ?

— À ma connaissance, non.

— Comment s'appellent ces gens chez qui elle logeait ?

— Monsieur et madame Lagathu. Aude m'avait raconté qu'autrefois, ils vendaient des fruits et légumes sur les marchés. Ils sont en retraite depuis une dizaine d'années. Ils ont plus de quatre-vingts ans.

— Je suppose que vous aidiez financièrement Aude ?

Madame Larmenciel secoua vigoureusement la tête.

— Pas du tout ! Aude ne m'a jamais rien demandé. Je lui ai bien proposé, mais elle a refusé fermement.

— Fermement ? Voilà qui n'est pas courant ! Mais si elle refusait votre aide financière, de quoi vivait-elle ?

La mère eut un mouvement d'ignorance.

— J'imagine qu'elle trouvait des petits boulots à droite et à gauche.

Les petits boulots, pensa Mary, *ça n'a jamais enrichi personne.* Mais peut-être qu'Aude n'avait pas l'intention de s'enrichir.

Comme elle restait silencieuse, madame Larmenciel proposa :

— Voulez-vous voir sa chambre ?

— Si ça ne vous dérange pas.

Madame Larmenciel haussa les épaules d'un air résigné.

— Pourquoi voulez-vous que ça me dérange ? Vos collègues de Rennes ont tout bouleversé. Tout juste s'ils n'ont pas décollé le papier peint des murs et soulevé les lattes du plancher ! J'espère que vous n'en ferez pas autant. Après leur passage, il m'a fallu une semaine pour remettre tout ça en ordre.

— Ne craignez rien, assura Mary. Je ne regarderai qu'avec les yeux.

Sophie Larmenciel entrebâilla une porte et Mary, sans y entrer, vit une chambre de jeune fille impeccablement rangée. Après le passage des « grands » flics de Rennes, il n'y avait évidemment plus rien à trouver.

— Vous avez dû avoir une rude corvée pour remettre tout ça en état!

— Je vous l'ai dit, après leur passage, je ne savais pas par quel bout commencer.

Mary hocha la tête en signe de compréhension.

— Vous êtes donc maître d'hôtel? Je suppose que ce métier, même exercé par des femmes, ne se met pas au féminin.

Madame Larmenciel eut un rire nerveux.

— Sophie, maîtresse d'hôtel, ça ferait plutôt équivoque, vous ne trouvez pas? s'exclama-t-elle.

— Je trouve surtout cette mode parfaitement ridicule. Tout féminiser, quelle idée débile! Sachez que je déteste qu'on me donne du « commandante ».

— Je suis maître d'hôtel, bien sûr, mais je suis aussi la directrice du restaurant.

— C'est une charge bien lourde, non?

Sophie Larmenciel sourit.

— C'est mon métier! Et je dois vous dire que je suis bien contente de retrouver ma salle, les clients, le service… Ça m'empêche de penser.

Après un silence, elle ajouta:

— C'est toujours mieux que d'être derrière le tapis roulant d'une caisse dans un hypermarché ou à égorger des poulets dans un abattoir.

— Je veux bien vous croire. Ah, une dernière question : comment Aude s'arrangeait-elle avec ses sœurs ?

— Bien… Mon aînée a bien essayé de la motiver à poursuivre des études, mais ce fut peine perdue.

— Elles se voyaient toujours ?

— Je suppose que oui…

— Mais vous n'en savez rien.

Madame Larmenciel secoua la tête négativement, et resta muette. Mary insista :

— Les familles se retrouvent en général aux anniversaires, aux fêtes de fin d'année…

— Hum… dit-elle. Avec les métiers que nous exerçons, Lucy et moi, ces festivités sont synonymes d'activité intense. Et puis, comme vous avez pu le constater, nous ne sommes pas une famille conventionnelle.

— Je comprends…

Elle se leva.

— Je ne vais pas abuser plus de votre temps, mais à l'occasion…

— Revenez quand vous voudrez, dit Sophie Larmenciel en souriant, vous serez toujours la bienvenue.

Toujours bien accueillie, la police ? Mary se dit que la mère Sophie s'avançait un peu. Elle n'aurait certainement pas dit ça aux « grands flics » qui avaient entamé l'enquête en bouleversant sa maison.

Chapitre 8

Monsieur et madame Lagathu habitaient, au lieu-dit… Ker Lagathu, une maison qui avait autrefois été une ferme.

Les enfants du couple, rebutés par les durs travaux des champs, avaient gagné la capitale et les deux vieux avaient trouvé plus lucratif de vendre les terres héritées de leurs ancêtres que de les laisser en jachère. Après quoi, pour compléter une maigre retraite, ils avaient vendu des fruits et légumes sur les marchés.

La ville avait rattrapé la campagne. Bientôt, la vieille ferme joliment retapée se trouverait au cœur d'un quartier neuf, aux maisons standardisées. On n'en était pas encore là. Mary arrêta sa voiture devant la demeure, sur une aire gravillonnée. Elle n'eut pas besoin de sonner, car elle avait vu le mouvement d'un rideau derrière une fenêtre et la porte s'entrebâilla sur le visage ridé et inquiet d'une vieille femme :

— C'est pour quoi ?

Mary sortit de sa voiture et s'avança, souriante.

— Madame Lagathu, peut-être ?

La méfiance de la dame s'accrut.

— Oui… C'est pour quoi ?

Un vieux bonhomme était apparu derrière elle.

— C'est à propos de mademoiselle Aude Larmenciel.

Le bonhomme poussa sa femme, écarta le battant.

— La pauvre, vous n'avez pas su ? Elle est morte !

— Justement, j'enquête à ce propos.

Elle montra sa carte barrée tricolore.

— Commandant Lester, police nationale. Pouvez-vous m'accorder quelques instants d'entretien ?

La vieille reprit le dessus et jeta d'une voix renfrognée :

— On a déjà tout raconté à vos collègues. Vous n'avez qu'à leur demander !

— J'ai commencé par là, dit Mary en mentant, néanmoins, j'aurais encore quelques détails à éclaircir.

— Ben, on n'a rien à ajouter. On n'a pas à être embêtés avec cette histoire !

— Il n'est pas question de vous embêter ! Vous l'aimiez bien, cette petite.

Le bonhomme concéda :

— Voui, ça nous a fait quelque chose d'apprendre qu'elle avait disparu…

— Vous voudriez bien qu'on arrête ceux qui lui ont fait des misères, n'est-ce pas ?

Cette fois, il gronda d'une voix encolérée :

— À quoi bon puisque, même si on les attrape, on ne leur fera rien !

— On les jugera et on les condamnera, assura Mary.

— Tss ! On les condamnera à quelques mois de prison, ils sortiront rapidement et ils pourront recommencer. De mon temps…

Ouais, de son temps, on coupait encore les têtes malfaisantes, mais Mary ne voulait pas engager une discussion à ce propos. S'il est un sujet sur lequel les opinions des uns et des autres sont définitivement arrêtées, c'est bien celui-là !

— Vous voudriez bien tout de même qu'ils soient arrêtés ?

Ils répondirent avec un ensemble parfait :

— Ah, ben, oui !

— Pour cela, je voudrais simplement m'entretenir avec vous pendant quelques minutes.

Comme elle voyait que la femme repoussait son mari pour fermer la porte, elle s'avança.

— Tss… encore un instant, s'il vous plaît.

Elle avait sorti un carnet de sa poche et se mit à griffonner.

— Qu'est-ce que vous faites ? demanda la vieille hargneusement.

Mary lui tendit le papier.

— Conformément à la loi, je vous délivre cette convocation à vous présenter au commissariat de Quimper demain matin à neuf heures.

Le vieux s'avança alors, le front barré de plis de colère.

— Qu'est-ce que c'est que cette histoire ?

Mary déclara sereinement :

— Je vous l'ai dit, j'ai des questions à vous poser au sujet de mademoiselle Aude Larmenciel. Puisque vous refusez de me répondre ici, je vous recevrai donc au commissariat demain à neuf heures. Et tâchez d'être à l'heure, sinon je vous ferai chercher par deux gendarmes.

Le bonhomme regarda sa femme et pâlit.

— Vous avez le droit de faire ça ?

Mary, qui avait fait mine de s'en aller, revint et articula :

— Je dois vous entendre. Je ne vous demande qu'un quart d'heure d'entretien, vous me le refusez. Donc, ce quart d'heure d'entretien, je l'aurai de gré ou de force au commissariat demain matin, et j'aime mieux vous dire que vous y passerez probablement la journée.

La femme glapit :

— C'est honteux ! Nous sommes des gens honnêtes et...

— Votre honnêteté n'est pas en cause, madame Lagathu, coupa Mary d'une voix douce.

Rouge de colère, la vieille dame regardait furieusement son mari.

— Louis, fais quelque chose !

— La seule chose que vous puissiez faire, Madame, si vous ne voulez pas me recevoir, c'est de produire un certificat médical attestant que vous n'êtes pas en état d'être entendue. Vous le donnerez aux gendarmes qui viendront vous chercher.

La bonne dame se figea, interdite.

— Mais... mais... on n'a plus de docteur ! Il est parti en retraite depuis trois ans ! Où est-ce que j'irai chercher un certificat médical d'ici demain ?

— Je ne sais pas, Madame, dit Mary plus sèchement, c'est votre problème.

Les deux vieux se regardaient, décontenancés. Mary eut pitié de leur désarroi et fit un pas vers eux.

— Vous savez, la meilleure solution serait que vous me laissiez entrer, que vous répondiez à mes questions et dans une demi-heure, tout serait terminé.

Vaincus, les deux vieux ouvrirent la porte, et l'homme dit d'une voix faible :

— C'est bien du tourment tout de même ! Enfin, entrez.

L'invitation manquait vraiment d'enthousiasme, néanmoins, le bonhomme guida Mary vers un salon rustique où trônait une gigantesque télévision, et il lui présenta un énorme fauteuil.

— *Azezit 'ta !*[4]

Il était tellement troublé qu'il s'était réfugié dans la langue de ses pères pour lui demander de s'asseoir. Elle obtempéra docilement.

— *Bennoz Doue, mersi.*[5]

Le bonhomme s'étonna :

— *Komz a rit brezhoneg ?*[6]

Elle sourit.

— *An tammig bihan.*[7]

Il appela :

— *Anna, Anna, deus 'ta !*[8]

Sa femme arriva.

— *Petra 'zo, Loeïz ?*[9]

— *Brezhoneg mat a zeu ganti !*[10]

L'ex-fermière considéra Mary avec perplexité.

— *N'eo ket gwir !*[11]

Maintenant que les deux vieux semblaient apprivoisés, Mary revint aux choses sérieuses.

— Mais si, ma chère Madame, c'est trop vrai ! Mais on n'est pas ici à l'école Diwan et, comme

---

4. *Asseyez-vous !*

5. *Soyez béni, merci.*

6. *Vous parlez breton ?*

7. *Un petit peu.*

8. *Anna, viens !*

9. *Qu'y a-t-il, Louis ?*

10. *Elle parle bien le breton.*

11. *C'est pas vrai !*

je travaille pour la République française, si vous le voulez bien, nous allons échanger en français.

— Échanger quoi ? demanda le bonhomme.

Vers quel troc bizarre voulait-on l'entraîner ?

— Des informations, dit Mary. Nous allons échanger des informations.

Avec une parfaite simultanéité, soulagés, ils hochèrent la tête en cadence.

— Ainsi, Aude Larmenciel a été logée chez vous ?

Après un instant d'hésitation, Louis Lagathu répondit :

— C'est-à-dire que…

Sa femme lui coupa aussitôt la parole :

— Il y a, au fond du jardin, un chalet en bois qui était plein de vieilleries qu'on aurait dû balancer à la déchetterie depuis longtemps. Aude s'est chargée de le vider, car nous n'avions plus la force de le faire. Il lui plaisait bien, ce cabanon ! Alors, nous l'avons laissée l'occuper.

— Comment avez-vous connu Aude ?

Louis Lagathu lança :

— C'est au supermarché que…

C'était comme un jeu entre les deux vieux époux : monsieur commençait à répondre, mais ça n'allait guère au-delà de trois mots, immédiatement, sa femme prenait le relais, lui coupant le sifflet sans la moindre vergogne.

— En voulant charger un sac de terreau dans le coffre, mon mari s'est fait un tour de reins. Il était bloqué.

— Ah, dame, dit Lagathu avec un petit rire gêné, on n'a plus vingt ans ! Quand j'avais votre âge, des sacs comme ça, j'en prenais deux d'une seule main et…

Mary, qui n'avait aucune envie d'entendre monsieur Lagathu évoquer des performances athlétiques vieilles d'un demi-siècle (et qui avaient dû prendre du volume avec le temps), le coupa dans son glorieux récit. Il ne parut pas lui en tenir rigueur. Le pauvre, avec sa femme, il devait être habitué.

— Vous ne pouviez donc plus bouger.

— C'est ça. Cette jeune fille est passée et, voyant notre embarras, elle est venue à notre secours. Elle a mis nos achats dans le coffre et, comme Louis ne pouvait pas conduire, elle a pris le volant. Ensuite, saisissant que mon mari souffrait beaucoup, elle a proposé d'appeler les pompiers. Cependant, Louis ne voulait pas aller à l'hôpital, mais chez Champion, l'ancien meunier d'Elliant qui est rebouteux. Elle nous a conduits chez lui et il n'a pas été long à lui débloquer le dos. Après, elle nous a ramenés ici et Louis s'est couché immédiatement, car il était très fatigué. Le meunier lui avait recommandé de se reposer et de ne pas faire d'efforts pendant quelques jours. Alors, Aude a proposé de rester passer la nuit chez nous.

— Et elle est restée toute la semaine, dit le vieux qui put enfin placer une phrase complète.

— Ce qui vous a rendu un fier service, si j'ai bien compris.

Ils acquiescèrent avec un ensemble parfait.

— Pour ça, oui !

— Et c'est là qu'elle a découvert le chalet ?

— Oui, comme je vous l'ai dit, il était plein de vieilleries et ça faisait des années qu'on se promettait de le vider. Mais on ne faisait qu'en entasser d'autres. Alors, Aude a proposé de s'en charger. Elle a fait je ne sais combien de tours à la décharge.

— Avec votre voiture ?

— Oui, elle s'était débrouillée pour emprunter une remorque. Et elle a vidé le local. Les boiseries étaient noircies, mais ça ne l'a pas arrêtée. Elle a tout nettoyé à l'eau de Javel avec un jet sous pression ! On n'en revenait pas, quand le bois a séché, le hangar était comme neuf. C'est alors qu'elle nous a demandé : « Et maintenant, qu'allez-vous en faire ? » Sa question nous a surpris, nous ne nous l'étions jamais posée, puis elle a dit en riant : « J'espère que vous n'allez pas recommencer à y entasser des vieilleries qui ne serviront jamais. Moi, il me plaît bien, ce chalet. J'habite chez ma mère, en appartement, mais c'est trop petit pour que j'aie un endroit à moi. Me permettrez-vous de l'occuper jusqu'à ce que vous décidiez de sa destination ? » Sa destination, tu parles, il durera peut-être autant que nous, mais ensuite il finira à la décharge publique !

La femme précisa :

— Au mieux, il aurait fallu payer pour le casser. On n'a pas hésité longtemps. Nous nous sentions très redevables envers cette jeune fille si sympathique. Pour nous, vu notre âge, cette bicoque n'avait plus aucune utilité.

— Et puis, soupira Louis, on ne va pas en rajeunissant, c'était sécurisant d'avoir une présence pas trop loin. Alors, elle nous a proposé un arrangement : contre de menus services, elle occuperait le chalet comme elle voudrait.

— Et ça durait depuis longtemps ?

— Deux ans, pour notre satisfaction mutuelle. Et puis elle a disparu. Dernièrement, on a appris qu'on avait retrouvé un corps qui pouvait être le sien. Ça nous a beaucoup peinés.

La vieille dame ajouta :

— Mais personne ne l'a reconnue. D'habitude, on fait venir les gens de la famille pour reconnaître le corps. Mais là, rien !

Et pour cause, pensa Mary, *personne ne pouvait reconnaître cette pauvre dépouille.*

Après un silence, elle demanda :

— Avez-vous rencontré sa mère ?

— Non, elle ne nous en parlait jamais, pas plus que du reste de sa famille, d'ailleurs.

— Elle ne vous a pas dit qu'elle avait deux sœurs ?

— Non, elle était très discrète à ce sujet.

— La police a visité la cabane ?

— Oui, mais elle n'y a rien trouvé qui fasse avancer l'enquête, semble-t-il.

— Pourrais-je la voir ?

— La cabane ? Oui, bien sûr ! Louis va vous accompagner. Je vous attends à la maison.

Le vieil homme chaussa des sabots de bois, ce qui fit sourire Mary Lester.

— Je vois que vous êtes fidèle aux traditions !

— Les anciens étaient des sages, dit le bonhomme, il n'y a rien de plus sain que les *botoù koad*[12] de nos grands-pères. À la campagne, c'est bien pratique. Et puis c'est chaud : une poignée de foin, et pas besoin de chaussettes.

— Il faut être habitué pour marcher avec ça.

— C'est sûr ! Je ne vous dis pas que je descendrais en ville avec, mais pour aller au jardin, il n'y a pas mieux.

On accédait à cette cabane par une sente herbeuse qui menait au fond de la propriété. En fait, c'était un abri de jardin qui faisait une petite

12. *Sabots de bois.*

vingtaine de mètres carrés, installé sur un plancher dont le débord formait une sorte de balconnet qui l'encerclait.

Pour résister aux outrages du temps, les planches de sapin, dressées à clin comme dans un intérieur de bateau, avaient été passées au coaltar, cet enduit bitumineux noir dont les marins badigeonnaient les coques de leurs chaloupes au temps de la marine en bois.

Une large porte vitrée de petits carreaux à double battant grinça lorsque le vieil homme l'ouvrit. Par surprise, l'intérieur était aussi clair que l'extérieur était sombre. La pièce avait été doublée, toujours comme dans un bateau, par un vaigrage de lambris de sapin clair soigneusement vernis.

— Ces lambris sont tout récents, remarqua Mary.

— Oui, c'est Aude qui les a posés et, en dessous, elle a agrafé une isolation en laine de verre.

— Je suppose que c'est vous qui avez payé les matériaux ?

— En effet.

Il eut un sourire triste.

— Elle ne voulait pas, mais la pauvre, comment aurait-elle pu acheter tout ça ?

— De quoi vivait-elle ?

Le bonhomme eut un geste qui trahissait sa perplexité.

— Elle cultivait un petit potager et avait construit un poulailler, si bien qu'elle nous donnait des légumes et des œufs. Pour le reste, je suppose que sa mère l'aidait.

Mary savait qu'il n'en était rien, mais elle n'en fit pas état.

Monsieur Lagathu ajouta :

— Elle n'avait pas d'horaires fixes. Peut-être des gardes de nuit ?

— Des gardes de nuit ? Où ça ?

— Elle ne me l'a jamais dit.

— Vous êtes assez loin de la ville…

— Cinq kilomètres.

— Comment se déplaçait-elle ?

— Elle avait un vélo.

— Qu'est-il devenu ? Je n'ai pas vu de traces de cette machine ici.

— Elle avait dû partir avec et elle n'est pas revenue.

— Vous avez signalé ça aux enquêteurs ?

— Non… Ça a de l'importance ?

— Dans une telle affaire, tout peut avoir de l'importance.

— Ils ne me l'ont pas demandé.

— Elle était comment, sa bécane ?

Le bonhomme parut ne pas comprendre le sens de la question.

— Comment *comment* ? demanda-t-il.

— C'était un vélo neuf ?

— Pas du tout. Elle l'avait récupéré à la recyclerie. Une de ces vieilles bécanes de grand-mère dont personne ne veut plus maintenant, vous savez, avec un guidon haut, un cadre en col-de-cygne et des protections sous le porte-bagages pour que les jupes des dames ne se prennent pas dans les rayons.

— Vous ne l'auriez pas photographiée sur ce vélo, par hasard ?

Le bonhomme lui adressa un clin d'œil complice, posa son index sur ses lèvres et sortit son téléphone.

— N'en parlez pas à Anna, recommanda-t-il à voix basse, elle me ferait une vie d'enfer !

Mary se mit à rire.

— Tant que ça ?

— Humph ! dit-il d'un air entendu. Vous ne la connaissez pas…

— Pas aussi bien que vous, probablement.

Le vieux secoua sa main droite comme on le fait lorsqu'on s'est pincé un doigt et, simulant la douleur, il grinça :

— Vous ne pouvez pas savoir !

Mary hocha la tête avec un sourire de connivence. Le démon de la jalousie a la peau dure, où va-t-il se nicher ?

— Faites voir ?

Le père Lagathu fit défiler les photos sur le petit écran de son smartphone avec une dextérité qu'elle n'aurait pas soupçonnée chez ce vieillard. Après quelques recherches, triomphant, il s'arrêta sur un portrait en pied de la jeune fille tenant son vélo par le guidon.

— Épatant ! s'exclama Mary. Vous pouvez me l'envoyer ?

— J'sais pas trop bien faire ça, avoua le bonhomme, embarrassé.

— Vous permettez ?

Elle lui prit le téléphone des mains.

— Je vais vous montrer. Vous voyez, il y a un carré et une flèche, j'entre mon adresse mail ici et il n'y a plus qu'à taper sur la touche « envoyer ».

— C'est magique ! s'exclama le vieux, émerveillé, en battant des mains comme un enfant qui découvre un beau cadeau.

— Je suppose, dit Mary, que vous avez d'autres photos d'Aude. Une belle fille comme ça, vous n'en avez pas pris qu'une ?

— Non, admit le bonhomme, gêné.

Mary le mit en confiance.

— Vous pouvez me les montrer, je n'en dirai pas un mot à Anna !

Mary sentait son embarras. Ces photos, c'était son trésor et il n'était peut-être pas prudent de se livrer ainsi. Après tout, il ne connaissait pas cette commandant. S'il refusait, elle était capable d'aller en parler à sa femme. Il demanda à voix basse :

— Sûr, vous ne direz rien à Anna ?

— Promis juré ! garantit Mary en levant le bras droit pour solenniser sa parole.

Alors, rassuré, le vieil homme lui confia l'appareil. Elle ouvrit le dossier dans lequel il avait rangé ces photos compromettantes et, en quelques clics, en expédia tout le contenu à son adresse personnelle. Elle rendit alors le téléphone à son propriétaire. Il y avait une belle quantité de clichés qu'elle se promit d'examiner à tête reposée dès qu'elle serait chez elle.

— Je comprends que ça vous embarrasse, monsieur Lagathu, aussi, je vous rends votre appareil en vous remerciant, et je vous assure de ma discrétion. Cette photo du vélo d'Aude pourrait être un élément déterminant pour la suite de l'enquête. Avec votre permission, je voudrais maintenant prendre quelques photos de la cabane.

Rassuré, le bonhomme accepta, magnanime :

— Allez-y !

Mary fit, sous tous les angles, des photos de ce qui avait été le jardin secret d'une jeune femme. Il y avait une kitchenette et un lit à une place garni de coussins, qui faisait aussi office de canapé. Un contreplaqué laqué en vert et posé sur deux tréteaux de sapin brut servait de table, et un petit poêle Mirus en fonte noire était installé dans un coin.

— Une vraie maison de poupée ! s'exclama Mary, séduite. Elle a vraiment habité ici ?

— Oui, bien sûr. Mais elle n'y venait pas tout le temps. Parfois, elle s'absentait pour des périodes plus ou moins longues.

— Elle vous disait où elle allait ?

— Pas du tout. Je vous l'ai expliqué, elle était très secrète.

— Pensez-vous qu'elle avait quelque chose à cacher ?

— Probablement…

Il regarda Mary avec un petit sourire malicieux.

— N'avons-nous pas tous un jardin secret ?

— C'est sûr. Et je plains ceux qui n'en ont pas. Le propre d'un tel jardin, c'est de rester secret, n'est-ce pas ?

— Nous n'avons jamais voulu le savoir. Enfin, je dis « nous », mais je devrais dire « moi », car Anna est bien plus curieuse que moi. Elle a bien cherché à mettre son *fri furch*[13], mais elle n'a jamais trouvé et ça la contrariait. Elle me disait : « Elle doit avoir un homme dans sa vie ! » Et je lui répondais : « Peut-être même plusieurs… », ce qui la fâchait très fort. Alors, elle s'indignait : j'étais traité de *beg fall*[14]. « Et tu ne dis rien ? » Je lui répondais : « C'est sa vie, elle est majeure et libre de faire ce qu'elle veut, d'avoir un amant ou une amante ou même une douzaine d'amants si ça lui fait plaisir. »

Les yeux du bonhomme riaient.

— Ça mettait Anna en fureur. Elle savait me dire : « Tu iras en enfer ! »

— Vous avez l'esprit large, monsieur Lagathu !

---

13. En breton, nez qui fouille, signe de curiosité.

14. Vicieux.

Il pouffa.

— Ne me dites pas que ça vous choque.

Elle le rassura :

— Pas le moins du monde !

— Elle avait peut-être tout simplement un ami…

— Peut-être, admit Mary en pensant qu'avec une mère comme Sophie, il était bien possible qu'elle ait eu une vie sentimentale agitée.

Elle changea de sujet.

— L'hiver, il ne devait pas faire chaud dans cette bicoque.

— Vous vous trompez, dit le bonhomme, les murs sont bien isolés. Il suffit de mettre trois bûches dans le Mirus et la température monte tout de suite de plusieurs degrés. C'est un tout petit volume !

Une jolie commode vernie contenait quelques vêtements ; à un portemanteau mural pendaient un vieil imperméable et un tablier de grosse toile bleue avec une large poche ventrale, comme en mettent les jardiniers du dimanche pour poser sur les catalogues des magasins verts.

Mary rangea son téléphone.

— C'est bon, je ne vais pas vous accaparer davantage.

Le bonhomme protesta : il avait tout son temps et il ne semblait pas trop pressé de retomber sous la coupe de la pudibonde Anna.

La porte tirée, ils revinrent vers la maison où madame Lagathu, l'œil suspicieux, les attendait. Avait-elle eu raison de laisser son Louis aller à la cabane avec cette jeunette ?

— Alors ? demanda-t-elle.

— C'est une jolie maison de poupée ! s'exclama Mary.

— Oui, acquiesça la bonne dame en se frottant les mains, elle l'a bien arrangée, ma foi !

— Vous avez dû lui donner quelques meubles, je suppose ?

— Pas du tout ! Je vous l'ai dit, elle l'avait entièrement vidée. Le lit, la commode, les chaises, elle les avait trouvés à la recyclerie, cet entrepôt où des bénévoles récupèrent ce dont les gens ne veulent plus pour leur donner une seconde vie.

Son mari renchérit :

— Et elle était bien contente d'y habiter, ça, oui !

— Ainsi, elle était logée à bon compte puisqu'elle ne vous payait pas de loyer.

— Eh oui, avoua le bonhomme, mais ça nous faisait aussi une compagnie.

Sa femme lui jeta un regard trouble.

— Ouais… Et tu étais bien content de la voir danser sur l'herbe.

— Elle dansait sur l'herbe ?

— Oui, grogna la vieille rancunière, et à moitié nue encore !

Le vieux modéra les propos de sa femme.

— Oh, à moitié nue, à moitié nue, faut pas exagérer, Anna !

Il regarda Mary.

— En tenue de danseuse, en tutu et en ballerine. Comme on les voit à la télé, quoi !

Il hocha la tête avec nostalgie.

— Elle était bien jolie, ma foi !

Le visage crispé de sa femme montrait qu'elle se serait volontiers passée de cette appréciation. Quatre-vingts balais et la jalousie sourdait toujours… Mieux valait en rire ou, tout du moins, en sourire. Mary adressa un clin d'œil complice au bonhomme qui l'en remercia d'un imperceptible mouvement de tête. Il était temps de rompre.

— Ça n'a pas été trop long, je pense, conclut-elle en rempochant son carnet.

— C'est fini ? demanda la dame, maintenant complètement apprivoisée.

— Pour le moment, oui.

La vieille eut l'air déçue. Peut-être regrettait-elle son attitude première.

— Vous prendrez bien quelque chose… *Ur bannig dous, emichañs ?*[15] proposa-t-elle d'une voix sucrée.

— *Mersi braz*, dit Mary en souriant, *ur wezh all marteze.*[16]

Monsieur Lagathu tint à la raccompagner jusqu'à sa voiture et, quand ils furent sur le chemin, dissimulés par la haie et hors de vue de la maison, il lui adressa un petit signe amical.

— À bientôt, peut-être ?

— Qui sait ?

— Hé, hé ! fit le bonhomme d'un air entendu avant de s'en retourner vers sa maison.

Songeuse, Mary monta dans sa voiture et, en se penchant pour y entrer, elle aperçut une tache blanche sous la haie. Elle la ramassa. C'était une enveloppe à en-tête à demi calcinée. Quelqu'un avait dû brûler des vieux papiers et certains d'entre eux s'étaient envolés au vent.

Elle mit le fragment d'enveloppe dans sa poche et rejoignit la venelle du Pain-Cuit.

---

15. *Un apéritif, peut-être ?*

16. *Merci beaucoup […] Une autre fois peut-être.*

Chapitre 9

Arrivée chez elle, Mary s'empressa de transférer sur son ordinateur le dossier qu'elle avait « emprunté » à monsieur Lagathu. Et là, surprise, ce n'était pas quelques clichés que pépère avait réalisés, mais une bonne douzaine de mini-films où on voyait la jeune fille se livrer aux délices de la danse. Et pas seulement en tutu, mais aussi dans le plus simple appareil, dévoilant complaisamment tous les détails d'un corps magnifique.

Mary en eut le souffle coupé. Il n'était pas possible qu'Aude ne se soit pas rendu compte qu'elle était filmée.

À quel jeu jouait donc cette fille ? Voilà qui révélait une personnalité bien plus complexe que celle que Mary aurait pu imaginer. La vieille paysanne ne pouvait se douter d'un pareil manège. Quant au vieux coquin, il pouvait dormir sur ses deux oreilles et se payer du rêve à bon compte. Après tout, se dit Mary, il ne faisait de mal à personne. Cependant, il n'eût point fallu qu'Anna, sa chère Anna, plongeât dans le jardin secret de son vieux compagnon, ça aurait bardé pour son matricule.

Mary s'arrêta enfin sur Aude en tenue plus décente sur son vélo. Comme l'avait dit Louis Lagathu, c'était un vélo d'une autre époque, avec un panier d'osier sur le porte-bagages, une honnête bécane comme en avaient, un demi-siècle plus tôt, les Bigoudènes pour aller au marché.

Elle nota la marque, Gitane, peinte en grosses lettres dorées sur un cadre noir à la peinture écaillée, les garde-boue rouillés et un guidon à l'ancienne qui permettait à l'utilisatrice de cette antique monture de se tenir aussi dignement en selle qu'un Batave pédalant allègrement vers son bureau au long des canaux d'Amsterdam.

Où pouvait-elle se rendre avec cette machine? Et où était passée cette bécane si facile à repérer? La réponse à ces deux questions aurait probablement permis de faire avancer l'enquête. Mais qui pouvait les donner, ces réponses?

Elle sélectionna la photo et lança un tirage sur papier. La porte de la rue grinça et Amandine entra au retour de sa promenade en ville.

Apercevant Mary, elle s'exclama:

— Ah, vous êtes là?

— Comme vous voyez, Amandine.

— Oh là, dit celle-ci en regardant Mary de plus près, quelque chose qui ne va pas?

Mary sourit.

— Rien de grave, ma bonne amie. Cependant, il semble qu'avec cette visite de madame Larmenciel, nous ayons mis le doigt dans une drôle d'affaire.

— Ah! s'exclama Amandine, alléchée. De quelle manière?

Mary réfléchit un instant avant de répondre.

— De bien des manières… Il y a d'abord la disparition mystérieuse de sa fille cadette…

Amandine haussa nerveusement les épaules.

— Qu'y pouvons-nous ?

— Vous, rien, mais moi…

— Vous ?

— Eh bien, oui, je suis officier de police, ne l'oubliez pas.

— Je m'en garderai bien, bougonna Amandine, mais je pensais que c'était une affaire classée et qu'il n'y avait plus à revenir là-dessus…

— Du point de vue de la justice, assurément…

— Mais du point de vue de Mary Lester, il n'en est pas de même. C'est bien ce que vous voulez me dire ?

— En gros, oui. Cette dame Larmenciel… Quel effet vous a-t-elle fait, Amandine ?

Amandine n'avait pas pour habitude d'être sollicitée de la sorte. Elle répéta :

— Quel effet ?

— Oui. Je ne parle pas de votre mouvement de recul lorsqu'elle a frappé à notre porte, là, je sais que vous l'avez vouée aux gémonies. Mais plus tard, ayant oublié votre ressentiment, que diriez-vous de cette personne ?

— Hum… je dirais que c'est une cocotte de cinquante ans, avec de beaux restes dont elle prend soin pour continuer à produire une bonne impression.

Dans l'esprit d'Amandine, ce terme suranné de « cocotte » évoquait une femme légère, voire entretenue. Elle ajouta :

— Autant que j'aie pu en juger, elle porte des vêtements de prix.

Mary siffla, admirative.

— Quel sens de l'observation ! Vous ne l'avez pourtant pas vue sous son meilleur jour !

— J'ai mis son imperméable Burberry à sécher dans la salle de bains, je connais les tarifs de cette marque, c'est pas de la gnognotte ! objecta Amandine.

— Eh bien, s'émerveilla Mary, quel limier vous auriez fait !

En plus, la « servante au grand cœur » se mettait à parler comme Fortin ! Forte de cet encouragement, Amandine poursuivit :

— Elle sait s'exprimer, elle sait convaincre. Elle ne semble pas manquer d'argent…

— Ça en fait des qualités ! dit Mary avec un zeste d'ironie.

— Vous trouvez ? s'indigna Amandine, qui fonctionnait toujours au premier degré.

Visiblement, il subsistait, dans son subconscient, un fond de rancœur contre cette dame élégante qui avait osé pénétrer sans s'annoncer dans le sanctuaire qu'elle partageait avec le commandant Lester.

— En un mot, Amandine ?

— Un mot ?

— Oui, un mot qui caractériserait cette dame.

— Il m'en faudra au moins deux, bougonna Amandine.

— Eh bien, alors, dites !

Amandine, fâchée d'être pressée de la sorte, la regarda avec rancune et maugréa :

— C'est une mangeuse d'hommes !

De surprise, Mary en resta coite, puis elle se reprit et, sur le ton de la plaisanterie, demanda :

— Serait-ce le pendant d'un croque-monsieur ?

La conversation prenait un ton qui ne convenait pas à Amandine, restée très prude. Elle cracha :

— Tss ! Arrêtez donc de dire des cochonneries !

Là, elle avait eu le dernier mot. Mary préféra ne pas parler de sa visite au couple Lagathu, et encore moins des petites chorégraphies coquines que le père Louis, en cinéaste improvisé, mais non dénué de talent, avait filmées en toute discrétion. Son amie se serait certainement offusquée de ces pas de danse peu conventionnels en une tenue plus que légère. Elle décida d'en rester là.

— On ne va pas se prendre la tête avec ça, Amandine. Je vais faire un peu de piano avant d'aller me coucher. La nuit porte conseil et…

Amandine se récria :

— Vous n'irez pas au lit sans manger, tout de même !

— Bof, vous savez, je n'ai pas très faim. Quelques biscottes et une tranche de jambon feront parfaitement mon affaire.

— Est-ce que c'est un repas, ça ? s'indigna la vieille demoiselle. J'ai un potage sur le feu et un reste du sauté de veau d'hier que je vais réchauffer… Ça vous ira ?

Mary tenta de protester :

— Ne vous donnez pas cette peine…

— Ta, ta, ta ! s'exclama Amandine. Ne discutez pas !

— Je ne discuterai pas si vous dînez avec moi.

— C'est que je voulais voir l'émission de Stéphane Bern sur les plus beaux villages de France.

— Eh bien, nous la regarderons ensemble sur le grand écran.

Mary s'était payé un grand écran plat, plus pour sa vieille amie que pour son plaisir personnel, car bien peu de programmes trouvaient grâce à ses yeux.

Amandine objecta :

— Je croyais que vous n'aimiez pas ça ?

— Vous vous trompez, j'aime beaucoup l'homme à la tête de grillon et ses émissions sont toujours d'excellente tenue.

Le visage d'Amandine se rembrunit.

— C'est de Stéphane que vous parlez ?

— Oui.

Elle était toujours en colère.

— Tss... Stéphane n'a pas une tête de grillon !

— Je plaisantais.

— On ne plaisante pas de cette manière !

Mary fit amende honorable.

— Oh, j'espère que je ne vous ai pas choquée, j'ignorais que vous étiez intimes.

— Intimes, intimes, qu'est-ce que c'est que cette histoire ?

Décidément, elle prenait tout mal !

— Comme vous l'appelez par son prénom, j'en ai déduit qu'il y avait entre vous une certaine familiarité...

— Eh bien, vous avez mal déduit. J'aime ses émissions, un point c'est tout !

— Eh bien, moi aussi, Amandine ! Et j'aime cette vieille France, ces monuments que nous ont laissés nos aïeux, et, surtout, ce qui subsiste de notre art de vivre à la française.

— Bon ! dit Amandine, un peu rassérénée par cette fervente profession de foi.

Elles dînèrent tranquillement, échangeant de menus propos tout en admirant les beaux villages présentés par Stéphane Bern.

*

Le lendemain matin, après une nuit paisible, Mary pénétra d'un pas gaillard dans les locaux du commissariat.

— Le patron est là, commandant, lui glissa en confidence le brigadier de quart.

— Déjà ?

Après avoir consulté sa montre, elle constata :

— Il n'est pas huit heures !

D'ordinaire, il ne pointait guère avant huit heures et demie.

— Qu'est-ce qui se passe ?

Le brigadier esquissa un geste qui trahissait son ignorance.

— Je ne sais pas et je ne le lui ai pas demandé.

Ça allait de soi. Personne au commissariat ne se serait risqué à poser ce genre de question au divisionnaire Fabien.

— Fortin est là ?

— Dans son bureau.

— Avec *l'Équipe*, je suppose ?

Le brigadier éclata de rire.

— C'te question, commandant !

Tout le commissariat connaissait l'habitude qui confinait à la manie du capitaine pour les actualités sportives.

Elle escalada promptement la volée de marches qui menait à l'étage supérieur et trouva sans surprise son équipier béatement installé devant le journal des sports étalé devant lui. Il leva les yeux sur Mary et ironisa :

— Vous me surprenez, commandant. Déjà levée ?

— Comme tu vois, capitaine. Quelles sont les nouvelles ?

Le front du grand se barra de rides, il soupira en repliant soigneusement son journal.

— Pas terribles !

— Tu m'inquiètes. Que se passe-t-il ?

— On ne sait toujours pas si M'Bappé va rester au PSG…

Agacée, elle le coupa :

— Tss ! Je te parle des nouvelles sérieuses !

Fortin bâilla.

— Je savais que tu allais dire ça. Tu sais que le patron est arrivé avant huit heures ?

— Ouais, Mélennec me l'a dit.

Mélennec était le vieux briscard qui régnait sur l'accueil, car, à quelques mois de la retraite, il n'était plus de taille à courser les malfaisants.

— Ça ne t'intrigue pas ?

Fortin répondit paisiblement :

— Parce qu'il faudrait que ça m'intrigue ? À tout hasard, je te rappelle que c'est lui le patron, il vient quand il veut et il part quand il veut.

— D'accord, mais c'est bizarre…

Il la taquina :

— Ça t'étonne ?

— Un peu.

— Alors, tu n'as qu'à aller lui demander ce qui lui a pris…

Elle saisit la balle au bond.

— D'accord, j'y vais !

— Bon courage ! Dis, tu viendras me raconter ?

— Et comment donc ! Je pourrais bien te raconter n'importe quoi…

Il demanda en rigolant :

— Tu ferais ça ?

Elle le défia :

— Viens donc avec moi, comme ça, tu seras sûr…

De sa main gauche, il cassa son bras droit au niveau du coude.

— Macache ! D'ailleurs, j'ai pas fini de lire mon canard !

Il replongea dans son journal en observant un silence maussade. Elle le contempla un instant, marmonna « incurable », puis sortit.

Chapitre 10

Elle frappa à la porte directoriale et entra au commandement. Le commissaire Fabien, qui feuilletait un dossier, parut enchanté de la voir.

— Ah, c'est vous…

— C'est moi, bonjour, patron.

— Bonjour… Vous tombez bien, j'étais justement plongé dans le dossier Larmenciel. Une drôle de famille, n'est-ce pas?

Elle hocha la tête en souriant.

— Peu conventionnelle, en tout cas. Cette femme qui a trois filles, toutes trois nées de trois pères inconnus… C'est déjà difficile d'être mère célibataire, alors avec trois gosses sur les bras… soupira Fabien.

— Enfin, ça aurait pu être pire!

— Pire? s'exclama le commissaire.

— Oui, elle aurait pu avoir trois enfants ET trois maris.

Comme il semblait ne pas comprendre, elle ajouta:

— Gouverner trois enfants, ça peut se faire, mais s'il y avait eu les maris en plus, chacun tirant à hue et à dia, je ne vous dis pas les complications.

Le commissaire balança sa tête de droite et de gauche comme quelqu'un qui pèse le pour et le contre sans parvenir à trouver le juste milieu. Il finit par laisser tomber :

— Vu comme ça…

Et il répéta :

— Vu comme ça, en effet… Bien évidemment, chacun est libre, mais cette polyandrie affichée sans le moindre complexe laisse tout de même rêveur.

Mary tint à préciser :

— Ce n'est pas à proprement parler de la polyandrie…

Cela fit réagir le commissaire au quart de tour. Il n'était pas peu fier d'avoir réussi à retenir ce mot barbare, ce n'était pas pour se faire sabrer par cette impertinente.

— Qu'est-ce qu'il vous faut ? À partir de combien de mâles une femme est-elle polyandre ?

— De deux, probablement, mais comme madame Larmenciel n'a jamais officialisé ses – comment dire ? – ses liaisons, on devrait plutôt parler de polyamours.

— Pff ! Vous avez vraiment le don d'enfumer…

Cette fois, ce fut elle qui réagit vivement :

— Je n'enfume rien, justement, je nomme bien les choses. Sophie Larmenciel a eu trois enfants de trois hommes différents sans avoir été mariée. Il n'y a là rien d'illégal.

Le patron ne voulait pas se rendre.

— Rien d'illégal, peut-être, mais sur le chapitre de la morale, il y aurait à dire.

— À dire ou à redire?

— À redire quoi? Vous ne m'avez pas bien entendu? Faut que je répète?

— Non, patron, ce ne sera pas utile. Vous pensez que ça n'est pas bien?

Fabien bougonna:

— Ce n'est pas très moral en tout cas!

Elle secoua la tête, amusée.

— Ce que vous êtes vieux jeu!

Elle se mit à rire.

— Depuis quand sommes-nous chargés de décider de ce qui est moral et ce qui ne l'est pas? Notre fonction consiste à réprimer les entorses à la loi! Le code ne dit rien sur les entorses à la morale. Laissons ça aux curés!

— Il n'y a plus de curés!

— Et les curés laïcs?

— Tss... vous racontez n'importe quoi!

Elle rendit les armes.

— Alors, n'en parlons plus!

Le commissaire grommela:

— Vous voulez toujours avoir le dernier mot, hein?

Elle lui sourit largement.

— Mais non, patron, c'est vous qui l'avez, je vous le laisse.

Il n'en était pas du tout persuadé. Comme il la regardait d'un air mi-figue mi-raisin, elle précisa:

— Notez qu'elle n'a jamais cherché à obtenir de pension de ses géniteurs qu'elle est d'ailleurs seule à connaître.

— Ouais, dit le patron, sceptique, c'est du moins ce qu'elle dit.

— Vous n'y croyez pas?

— Pas trop. Et vous ?

Elle leva les épaules.

— Je ne sais trop quoi penser, mais je l'en crois capable. C'est une personne intelligente, déterminée, et qui n'a pas dû adopter cette ligne de conduite sans avoir pesé le pour et le contre. Cependant, je ne prends pas tout ça pour argent comptant.

— Sous réserve d'inventaire, en quelque sorte.

— Si vous voulez. Certes, ses deux aînées sont parfaitement établies, mais il semble qu'elle ait rencontré plus de difficultés avec Aude, la petite dernière, qui n'a jamais brillé dans les études et qui a quitté le lycée où elle végétait dès qu'elle a eu dix-huit ans.

— J'ai vu tout ça dans le dossier. Elle a ensuite trouvé un emploi à mi-temps à la Financière celtique, un organisme de gestion de patrimoines.

— J'ai vu ça aussi, dit Mary. Surprenant, non ?

— Qu'y a-t-il là de surprenant ? demanda Fabien.

— Sans diplômes et sans formation, à quel rôle pouvait-elle prétendre dans un monde de la finance où tout se gère par ordinateur ?

— Peut-être tout simplement à celui d'hôtesse d'accueil, proposa le commissaire. Ses employeurs étaient satisfaits de ses services. On ne demande pas à une hôtesse d'accueil des avis sur la gestion des comptes financiers, mais d'avoir une bonne présentation, une bonne éducation, un caractère agréable, et d'être avenante en toutes circonstances.

— Je veux bien vous croire, bien que j'aie rencontré des membres de cette honorable corporation avec un visage plus – comment dire ? – d'une beauté plus classique, si vous voyez ce que je veux dire…

— Je vois parfaitement, dit le commissaire, un minois digne de figurer sur le papier glacé des revues de mode…

— C'est ça, opina Mary, et en faisant la gueule de préférence.

— Il est vrai que ce n'était pas une beauté classique, reconnut le commissaire, mais, quand un sourire lumineux éclaire un visage en permanence, il peut faire oublier un nez trop fort, des lèvres trop épaisses, des oreilles un peu décollées.

Surprise, Mary regarda le patron. Celui-ci ne l'avait pas habituée à une telle revue de détail. Avait-il parlé de cette affaire avec des agents de la Financière celtique ? Mais non ! Il ne faisait que rapporter les conclusions des enquêteurs de Rennes.

Les fragments de films tournés au petit matin dans l'herbe verte du jardin de ce vieux coquin de Lagathu, *dans le simple appareil d'une beauté qu'on vient d'arracher au sommeil* (empruntons *Britannicus* à Jean Racine), ce corps parfait, la grâce qui émanait de cette sarabande solitaire sur une musique tellement inaudible pour tout autre qu'elle avait quelque chose de surnaturel. On aurait volontiers oublié un visage transmuté par cette chorégraphie muette pour tomber inexorablement sous le charme de cette naïade sylvestre. Mary secoua la tête pour chasser les images qui continuaient à défiler derrière ses paupières.

— Et maintenant, patron, que dois-je faire ?

Le commissaire poussa le dossier devant elle.

— Tout d'abord, revoir de près ce dossier qui a été établi par le SRPJ de Rennes et qui me semble assez complet. Puis, vous irez rendre visite à la famille et à la Financière celtique.

Elle acquiesça docilement :

— OK, patron.

Elle se leva et prit le dossier qui tenait dans un classeur cartonné. Avant qu'elle ne quitte le bureau directorial, le commissaire lui fit ses dernières recommandations :

— La Financière celtique est un organisme peu connu du grand public. On y gère de très gros patrimoines. Alors, allez-y prudemment, on ne sait jamais sur quoi on va tomber.

Elle lui sourit.

— Comme si ce n'était pas là mon souci principal !

— Quoi donc ?

— D'y aller prudemment, pour reprendre votre vocable.

— Tss ! Mieux vaut entendre ça que d'être sourd !

Elle le rassura :

— Comptez sur moi pour être discrète, patron.

Elle entendit un petit rire dubitatif avant de refermer la porte.

Chapitre 11

Au bureau, Fortin classait toujours ses fiches sans le moindre enthousiasme. Il leva vers Mary un regard blasé.

— Alors ?

Elle lui montra le dossier qu'elle portait sous le bras.

— Du pain sur la planche, mon grand !

Le regard de Fortin s'anima.

— Pour qui ?

— Si ça avait été pour toi, le patron t'aurait appelé.

Décidément, elle ne pouvait s'empêcher de taquiner son fidèle second. Agacé, celui-ci embraya sec :

— C'est ça, quand il s'agit de calmer les manouches, c'est pour ma gueule, quand il s'agit d'aller me friter avec les black blocs, aussi. Mais quand c'est intéressant, c'est pour la pistonnée du patron !

Elle posa sur son équipier un regard glaçant.

— Redis-moi ça, Jean-Pierre…

Jean-Pierre ! Elle ne lui donnait son prénom entier que dans les grandes circonstances. Il sentit qu'il était allé trop loin et tenta de minimiser l'affaire en émettant un ricanement qui sonnait faux.

— Tu ne m'as pas entendu ?

— Que si ! La pistonnée du patron t'a bien entendu ! Pourquoi n'as-tu pas dit « la chouchoute du maître », comme on disait à la maternelle ?

Il haussa les épaules sans répondre.

— Et qui t'a dit que c'était intéressant ?

Il respira : on sortait de la zone dangereuse.

— Ça ne l'est pas ?

— Ça l'est peut-être, mais il faudra marcher sur des œufs.

Fortin renifla.

— Ouais, ce n'est donc pas encore pour le quarante-cinq fillette du capitaine Fortin.

Elle s'approcha de lui et, posant sa menotte sur l'épais poignet de son équipier, elle lui dit :

— Que d'amertume, Jipi !

Il parut agacé.

— Mais tu as tort de te plaindre, dit-elle.

— Tiens donc !

Cependant, le ton sur lequel Mary avait prononcé ces quatre mots avait éveillé l'attention du capitaine Fortin.

— Encore la politique ?

Elle secoua la tête négativement.

— Pire !

Il ricana :

— Qu'y a-t-il de pire que la politique ?

— La politique mêlée à la grosse finance.

Le grand manifesta sa méfiance. Il avança les lèvres en une moue dubitative.

— Pff… comme si ça n'allait pas tout le temps ensemble ! Dans ce cas-là, j'préfère en effet que ce soit toi qui t'y colles.

Elle ironisa :

— Courageux, hein ?

Il répondit par une sentence qu'il avait dû entendre ailleurs :

— L'homme sage est celui qui connaît ses limites. Mais peut-être que tu auras besoin d'un coup de main.

Il eût préféré une franche empoignade avec une demi-douzaine de racailles. La politique et la grosse finance, tout ça joyeusement imbriqué, ça puait, tout au moins aux narines sensibles du capitaine Fortin.

Il ne redoutait pas les coups qui viennent d'en bas, assenés par des délinquants de caniveau, car ceux-là, on peut les rendre sans trop compter. Ceux tombant d'une hiérarchie toute puissante et totalement ignorante des réalités du quotidien le débectaient littéralement. Intouchables, ils étaient intouchables, ces zombies qui, dans l'ombre poussiéreuse de leurs bureaux ministériels, prenaient des décisions dont ils n'avaient jamais à subir les conséquences. En revanche, ils pouvaient en toute impunité taper sur le dos de ceux qui risquaient leur peau sur le terrain.

À cette pensée, les poings du grand se serraient et il eût bien voulu croiser quelques-uns de ces parasites dans un coin sombre pour leur appliquer quelques belles mandales qui leur auraient (peut-être) remis les pieds sur terre et la tête à l'endroit. Ce que son père, qui n'était pas avare de taloches, appelait, quand Jean-Pierre était enfant, « une correction ». Ouais, un tel traitement les aurait peut-être remis dans le droit chemin, mais rien n'était moins sûr. Ce qui était sûr, en revanche, c'est que l'application de ce remède énergique lui aurait immédiatement valu l'opprobre de la classe médiatique, accompagnée de l'expulsion sans délai de la maison poulaga, assortie, qui sait, d'un séjour sur la paille humide des cachots.

— Autant dire un champ de mines, fit-il d'un air dégoûté tout en pensant : *un champ de mines où le petit flic de base avait toutes chances d'en prendre plein la g…*

Mary précisa :

— Il s'agit du dossier d'Aude Larmenciel.

— Cette nana dont on a retrouvé le corps, ou ce qui en restait, dans la mer ?

— C'est ça.

Fortin objecta :

— C'est la SRPJ de Rennes qui s'est chargée de cette enquête et, à ma connaissance, faute d'éléments probants, ce dossier a été classé sans suite.

— C'est ça.

Fortin eut une moue sceptique.

— C'est ça, c'est ça… À ma connaissance, lorsque la justice a classé un dossier, il faut de sérieux éléments nouveaux pour le faire rouvrir. Y en a-t-il ?

Elle secoua la tête négativement.

— Pas encore.

— Pas encore ? Tu comptes en fabriquer ?

— Ne dis donc pas de bêtises ! soupira Mary.

— Qu'espères-tu donc trouver ?

— Bravo ! Voilà une question parfaitement formulée ! Tu t'améliores, Jipi.

— Tss ! dit-il, décontenancé. Alors, fais-moi une réponse aussi bien formulée. Tu comptes vraiment réussir là où les flics de Rennes ont échoué ?

— Hé, c'est pour cela qu'on me paye, mon vieux !

Il secoua sa grosse tête.

— C'est pas du gâteau !

— Je ne te le fais pas dire !

— En quoi cette pauvre fille était-elle liée à la haute finance ?

— Ça, c'est à nous de le découvrir.

Le front du capitaine Fortin se plissa.

— Après tout ce temps ?

Elle dit, fataliste :

— C'est le vœu des autorités supérieures et on m'a prévenue bien tardivement.

Fortin grimaça. Il préférait se tenir éloigné de ces foutues instances supérieures. Il eût même apprécié qu'elles ignorassent jusqu'à son existence.

Mais depuis qu'il avait accepté de superviser et de former la police municipale avec Gertrude Le Quintrec, il était passé de l'ombre à la lumière pour avoir éliminé de ce corps deux ou trois minus qui s'étaient pris pour des shérifs. La plupart de ses collègues s'en seraient réjouis, pas le capitaine Fortin.

Mais, puisque le vin était tiré, il allait bien falloir le boire.

— Par où comptes-tu commencer ?

— Comme d'habitude, cerner au plus près la victime : mode de vie, habitudes, fréquentations…

— Tu vas voir tous les gens qu'elle fréquentait ?

— Oui, dit Mary.

Elle ne lui dit pas qu'elle avait déjà commencé en interrogeant les époux Lagathu.

— Dis-moi, ça a l'air passionnant ce que tu fais…

Il jeta sur son bureau encombré de fiches cartonnées un regard accablé.

— Tss… N'en rajoute pas, s'il te plaît !

— Alors, laisse tomber !

Il la regarda, incrédule.

— Qu'est-ce que tu dis ?

— Je dis « laisse tomber ».

Il eut un mouvement d'épaules.

— T'en as de bonnes, toi ! J'vais dire ça au patron, moi : « J'en ai marre, j'laisse tomber vos putains de fiches » ?

— Ce n'est pas la peine, je le lui dirai moi-même.

Elle sourit largement.

— Mais pas en ces termes.

Il leva les yeux au ciel.

— J'm'en doute !

Puis l'espoir revint soudain dans les yeux du capitaine Fortin.

— Tu ferais ça ?

— Tss ! dit-elle d'un air pincé. La chouchoute du patron n'a-t-elle pas déjà fait bien pire ?

Touché ! Le grand était touché. Il ne lui restait plus qu'à s'écraser en silence.

En homme sage, c'est ce qu'il fit.

Chapitre 12

Treize heures,

Mary et Fortin étaient attablés à La Table du Marin, deux étoiles au Michelin, dont la jeune chef de cuisine jouissait déjà d'une belle réputation. Cette nouvelle étoile de la gastronomie bretonne n'était autre que Lucy, la seconde fille de Sophie Larmenciel.

Le grand n'en revenait pas, cette Mary tout de même ! En un tournemain, elle l'avait sorti de son morne bureau, de ses déprimantes fiches, arrangeant l'affaire avec le divisionnaire Fabien. Que le patron l'eût à la bonne, c'était indéniable. Il en touchait lui aussi les dividendes et regrettait fort ses précédentes paroles déplacées.

Le commandant Lester avait retenu une table dans cet établissement réputé de Saint-Goustan, très ancien port de la ville d'Auray qui reçut, un jour de décembre 1776, un éminent émissaire des insurgés américains venu chercher le soutien de Louis XVI, Benjamin Franklin.

Dans ce havre situé au fond du golfe du Morbihan qui n'accueille plus guère que les bateaux de plaisance, on se souvient encore de la visite de cet illustre et truculent personnage aux multiples talents : savant inventeur du paratonnerre et, pour la circonstance, diplomate plénipotentiaire adressé à Sa Majesté le roi de France par la toute jeune nation américaine.

— C'est drôlement chouette ici, dit Fortin en admirant les vieilles poutres de la vénérable demeure.

On les avait placés près d'une fenêtre par laquelle ils pouvaient admirer le paysage bucolique de ce charmant port de carte postale niché dans un coude de la paisible rivière d'Auray : le vieux pont de pierres permettant de gagner la rive droite et de grimper vers le cœur animé de cette jolie cité médiévale, les ruelles historiques, les maisons à colombages coquettement entretenues, les cales d'échouage sur lesquelles jouaient des gamins, et cette goélette d'un autre temps, amarrée sous la rive boisée d'un chemin de halage… Un cadre propice à la promenade, à la détente, et représentatif de la douceur de vivre de ce coin de Bretagne…

Un fond sonore très discret dans lequel Mary reconnut les *Quatre Saisons* de Vivaldi s'accordait parfaitement aux aîtres et au mobilier rustique typique du Morbihan. En bref, ça sentait bon la maison de tradition.

Une accorte jeune femme vint prendre la commande. Pour Fortin, une douzaine d'huîtres du golfe et une pièce de bœuf Angus. Comme il y avait des profiteroles au dessert, le grand n'hésita pas un seul instant. Mary se contenta de six huîtres et d'une cassolette de Saint-Jacques.

Peu à peu, la salle s'emplissait. Visiblement, La Table du Marin jouissait d'une excellente réputation. Réputation non usurpée, nos deux flics purent s'en rendre compte. Mary demanda à la serveuse :

— C'est toujours Lucy Larmenciel qui est en cuisine ?

— Oui, Madame.

— J'aurais aimé la rencontrer… Pouvez-vous lui demander de passer me voir quand son service lui en laissera le loisir ?

— Certainement, Madame. Qui dois-je annoncer ?

Mary lui tendit une carte qu'elle avait conservée de son bref passage dans la presse d'investigation et qui portait simplement quatre mots : « *Mary Lester – Paris Flash.* »

— Nous prendrons le café en terrasse en attendant que madame Larmenciel soit disponible.

— Bien, Madame.

La serveuse s'éclipsa, non sans avoir jeté un regard surpris sur le couple qui prenait place dans les sièges de rotin de la terrasse.

La clientèle refluait et la jeune chef de cuisine, la toque sur la tête, passait de table en table pour recevoir des félicitations bien méritées. Enfin, elle vint en terrasse et posa un œil interrogatif sur les deux flics qui avaient terminé leur café et se laissaient aller à la béatitude qui suit un bon repas en contemplant le courant qui remontait le chenal de vase noire, remettant à flot les bateaux mis au sec par la marée basse.

De taille moyenne, la seconde fille de Sophie Larmenciel n'avait pas la grâce longiligne de sa malheureuse sœur Aude. Elle affichait plutôt une robustesse de travailleuse manuelle, la vigueur de sa poignée de main édifia Mary : Lucy n'était pas une chochotte qui rechignait à la tâche. Son visage un peu rougeaud (le feu des cuisines ?) était ouvert et sympathique.

— Ainsi, vous travaillez pour *Paris Flash* ? demanda-t-elle.

Mary lui sourit.

— C'est un peu plus compliqué que ça…

Le visage de la cuisinière se ferma. Mary approcha un siège.

— Mais asseyez-vous donc, je vais vous expliquer…

Surprise, la chef de cuisine obtempéra.

— J'ai en effet travaillé pour *Paris Flash* voici quelque temps.

— Ah, et vous avez arrêté ?

— Oui. J'ai arrêté et repris mon métier initial…

Comme la jeune femme la regardait, interdite, elle annonça :

— En réalité, je suis commandant de police.

Lucy eut un mouvement de recul.

— Mais…

— Et le monsieur qui est là, et qui a beaucoup apprécié votre bœuf Angus, est le capitaine Jean-Pierre Fortin, officier de police judiciaire lui aussi. C'est mon équipier et j'ai repris, sur ordre de mon patron, le commissaire divisionnaire Fabien, le dossier concernant la disparition de votre jeune sœur Aude.

— Mais, objecta la cuisinière, je croyais que l'affaire avait été classée…

— Elle l'a été, en effet, mais des faits troublants sont apparus et votre maman a réussi à faire infléchir la justice. Nous sommes donc là pour un complément d'information.

— Mais pourquoi vous faire passer pour une journaliste de *Paris Flash* ?

— Par discrétion, Mademoiselle. Je suppose que, dans un établissement comme le vôtre, l'intrusion d'une enquête de police n'est pas forcément bienvenue.

Voyant qu'elle était réticente, Mary ajouta :

— J'aurais peut-être dû, comme le prévoit la procédure, vous convoquer au commissariat de Quimper et vous faire ainsi perdre un temps précieux. J'ai préféré venir, avec le capitaine Fortin, goûter votre cuisine, et je dois dire que nous ne le regrettons pas. D'après votre maman, les trois sœurs, je devrais d'ailleurs dire les trois demi-sœurs, avaient des aptitudes et des goûts bien différents…

— En effet, notre aînée Amélie a été la plus brillante dans les études. Moi, je n'aimais pas l'école ; aussi, dès que j'ai pu, je me suis dirigée vers une formation professionnelle.

— Ce qui vous a bien réussi, il me semble.

— En effet, reconnut Lucy.

— Amélie a elle aussi remarquablement réussi. Une agrégation de lettres classiques, ce n'est pas rien !

Lucy sourit.

— Elle est professeur dans un lycée à Lorient. Depuis qu'elle sait lire, elle passe sa vie dans les bouquins. Moi, je n'aurais pas pu. Être avec des gosses toute la journée, non merci !

— Vous préférez être en cuisine.

— Et comment ! dit-elle avec conviction. Amélie a cinq ans de plus que moi. J'entrais en troisième lorsqu'elle passait sa licence de lettres à Rennes. Nous n'avons pas beaucoup vécu ensemble.

Elle leva sur Mary un regard interrogateur.

— Mais nos parcours professionnels ne devraient pas avoir une grande incidence sur l'enquête que vous menez, si ?

Mary leva les épaules.

— Qui sait ? C'est ça, une enquête : on soulève des tas de points qui ne semblent pas pouvoir apporter un nouvel éclairage sur le drame et, parfois, l'étincelle se produit. Un fil sur lequel on tire et qui ouvre de nouvelles pistes.

Lucy déclara :

— Quel métier ! Moi, je trouverais ça barbant.

— Ça l'est souvent, reconnut Mary, c'est même parfois dangereux, mais ça peut aussi être très excitant.

— Quand vous attrapez un criminel ?

— Par exemple… Surtout quand on confond un type qui est persuadé d'avoir réussi le crime parfait.

— Comme celui ou ceux qui ont fait disparaître Aude ?

— Exactement ! Il y a quelque part quelqu'un qui est persuadé d'avoir réussi le coup parfait. L'enquête ayant été officiellement abandonnée, le, la ou les instigateurs pensent donc pouvoir dormir sur leurs deux oreilles.

— Pourquoi dites-vous « le, la ou les » ?

— Parce que je ne sais pas encore s'il s'agit d'un homme, d'une femme ou d'un groupe de malfaiteurs.

— Ah ! s'exclama la jeune cuisinière qui, visiblement, ne s'était jamais posé ces questions.

— Personnellement, dit Mary, j'opterais pour l'hypothèse d'un crime commis en groupe.

— Et ça change quoi ?

— Pour ce qui concerne l'enquête, ça change tout !

Le regard de la cuisinière était plein d'interrogations. Mary précisa son idée :

— Plusieurs personnes sont plus bavardes qu'une seule.

Lucy hocha la tête pensivement. On abordait des problématiques dont elle n'avait jamais soupçonné l'existence. Mary revint à la famille Larmenciel.

— Si je ne me trompe, vous avez quitté le domicile familial très tôt ?

— Oui. À seize ans, mon CAP de cuisine en poche, j'ai eu, grâce aux relations de Sophie, l'occasion de débuter chez Anne-Sophie Pic, à Valence.

— Sophie, c'est votre mère ?

— Oui, depuis le temps qu'elle gravite dans la haute gastronomie, elle s'est fait des tonnes de relations plus prestigieuses les unes que les autres.

— Comme Anne-Sophie Pic donc ?

Elle acquiesça.

— C'est une des grandes tables françaises, il me semble, dit Mary.

— En effet. Madame Pic m'a prise en amitié et j'ai fait tout mon apprentissage chez elle. Par la suite, elle m'a recommandée à Guy Savoy…

— N'est-ce pas son établissement qui a été classé meilleur restaurant du monde ?

— Si, autant vous dire que, pour intégrer sa brigade, les places sont chères. Mais Anne-Sophie m'a sérieusement pistonnée.

— Et ensuite, vous êtes venue à Auray…

— C'est ça.

— Recommandée par Guy Savoy, je suppose.

— Oui. La Table du Marin, deux étoiles au Michelin, appartient à monsieur Robert Galluchon, un ami de monsieur Savoy. Monsieur Galluchon se retirait à soixante-dix ans et il redoutait que sa maison ne tombe en de mauvaises mains.

— Et monsieur Savoy l'a rassuré : les vôtres étaient bonnes.

Un bref sourire éclaira un instant le visage de la cuisinière.

— C'est ça. Plutôt que de la vendre, il a préféré m'en confier la direction. Ainsi, il gardait un œil sur ce qui avait été l'œuvre de toute une vie. J'ai conservé les deux étoiles, précisa-t-elle fièrement.

— Bien méritées ! dit Fortin dont on entendait la voix pour la première fois. Cette viande Angus, hum…

Mary ignora la diversion.

— Pour en revenir à votre sœur Aude…

Lucy rectifia :

— Demi-sœur… Nous avons la même mère, mais aucunement le même père.

On abordait une situation délicate. Mary risqua, d'un air détaché :

— Votre mère m'a éclairée sur sa situation familiale.

Lucy reconnut avec indifférence :

— Elle ne s'en est jamais cachée, elle a eu trois géniteurs différents.

Là, on ne parlait pas d'amour !

— Vous n'avez donc jamais connu votre père ?

Cette question sensible ne sembla pas troubler la cuisinière.

— Pas plus que mes sœurs n'ont connu le leur.

Surprise par cette indifférence, Mary demanda :

— Et ça ne vous a jamais manqué ?

— Non. D'ailleurs, nous n'avons jamais manqué de rien. Quand nous étions petites, Sophie nous conduisait à l'école, venait nous chercher et préparait notre repas avant de filer au restaurant.

— L'hérédité explique peut-être vos différences de caractère.

— Ça et la différence d'âge… Mais ne vous y trompez pas, j'ai deux demi-sœurs, mais je ne les aime pas qu'à moitié. Et elles me le rendent bien.

— Pourtant, vous ne vous retrouvez pas souvent en famille…

Lucy en convint :

— Sophie nous a inculqué une idée de la famille qui n'est pas la plus couramment partagée.

— Que voulez-vous dire ?

— Je veux dire que nous n'avons jamais connu ces réunions familiales comme Noël, le jour de l'An… Nous n'avons jamais fêté les anniversaires. Ça va si bien à l'encontre des traditions françaises que nos compatriotes ont du mal à comprendre cette attitude. Vous-même…

Mary la rassura :

— Je ne suis pas si différente de vous…

Lucy regarda ironiquement Fortin qui suivait l'échange, impassible.

— Vous partagez également cette opinion, Monsieur ?

Surpris, Fortin botta en touche.

— Moi, je partage uniquement le point de vue de ma femme. Le commandant Lester n'est pas ma femme !

— Alors ?

— Alors quoi ?

— Qu'en dirait votre femme ?

Cette fois, Fortin était embarrassé.

— Elle dirait… elle dirait… Ça dépend des circonstances ! Voilà, ça dépend des circonstances. J'peux jamais savoir à l'avance.

Ennuyé d'être ainsi mis sur la sellette, il adressa un regard de détresse à Mary qui comprit au quart de tour et dit en souriant :

— Monsieur et madame Fortin ont également trois filles.

La cuisinière considéra admirativement Fortin, qui s'empressa de préciser :

— Trois filles, mais du même père !

Il ajouta prudemment :

— Du moins, je l'espère !

La jeune cuisinière demanda malicieusement :

— Et si ce n'était pas le cas ?

Fortin, qui n'avait jamais envisagé cette éventualité, répondit laconiquement :

— J'aurais tout de même trois filles !

— Compliments ! dit la cuisinière sans préciser si ce compliment s'adressait à sa grandeur d'âme ou à une si belle famille.

On s'égarait. Aussi Mary recadra-t-elle la conversation sur son sujet initial :

— Revenons à nos moutons. Si intéressante que soit la famille du capitaine, elle n'intervient pas dans cette enquête. Donc, ces propos sont hors sujet. Vous-même, Lucy, et votre aînée Amélie avez de bonnes situations. Mais qu'en était-il de votre petite sœur Aude ?

— Nous avons été habituées à nous débrouiller, à être autonomes, comme dit Sophie.

Ce n'était pas la première fois que Lucy disait « Sophie ».

— Vous appelez toujours votre mère par son prénom ?

— Oui.

— Vos sœurs aussi ?

— Oui…

Visiblement, elle ne souhaitait pas s'étendre sur cette habitude. Mary n'insista pas. Elle-même n'appelait-elle pas son père Jean-Marie ? Cependant, elle était certaine que si sa mère avait vécu, si elle avait eu le bonheur de la connaître, elle l'eût appelée « maman » avec beaucoup de tendresse. Quand cette pensée lui venait, elle lui attendrissait le cœur et lui humidifiait les paupières. Elle s'empressa de passer à autre chose.

— Donc, vous n'avez pas la moindre idée de la manière dont Aude gagnait sa vie ?

— Si elle avait voulu qu'on le sache, elle nous l'aurait dit !

— Saviez-vous qu'elle vivait dans une cabane ?

— Je l'ai appris par vos collègues.

— Ça n'est peut-être pas confortable ? risqua Mary. Vous lui avez rendu visite ?

— Non.

— Pourquoi ?

— Elle ne m'avait pas conviée. Cependant, je suis persuadée qu'Aude n'aurait pas tardé à l'améliorer notablement. Elle a toujours été plus portée sur les travaux manuels, le jardinage, les animaux que sur l'école.

Mary s'en était rendu compte en visitant le refuge de la jeune disparue. Elle sortit son téléphone et montra à Lucy les photos qu'elle avait prises de la cabane au fond du jardin des Lagathu.

Lucy admira et siffla entre ses dents.

— Dites donc, c'est plutôt bien, non ? Personnellement, je préférerais habiter là-dedans que dans une tour bruyante et insalubre de HLM.

Mary faillit lui dire qu'elle aussi aurait fait ce choix sans hésiter. Après un silence, Lucy déclara :

— Bon, je suis chef de cuisine, mon aînée est professeur. Ce sont des situations confortables. Mais savez-vous ce qu'aurait voulu faire Aude ?

Non, Mary ne savait pas. Alors, Lucy l'éclaira :

— Menuisière !

Elle regarda l'effet de cette annonce sur le visage de Mary.

— Une drôle d'idée, non ?

— Pas si drôle que ça.

Lucy parut surprise que Mary ne s'étonnât point.

— C'est un métier d'homme, non ?

— Oh, les métiers d'homme… il n'y a pas si longtemps, le métier de chef de cuisine revenait de droit aux mâles et celui de policier n'était pas non plus ouvert aux femmes.

Lucy dut en convenir.

— Pourquoi n'a-t-elle pas choisi cette filière ?

— Parce que rien que cette dénomination la rebutait.

— Quelle dénomination ?

— Filière… ce mot impliquait une sorte de captivité, car c'était encore l'école. Et de l'école, elle n'en voulait plus !

— Ah…

— Aude aurait aimé entrer en apprentissage chez un artisan et apprendre le métier sur le tas, comme ça se faisait autrefois. Mais les artisans ne prennent plus autant d'apprentis. Cela génère tant de contraintes administratives que certains préfèrent renoncer.

— Mais vous-même, ici, vous recevez des stagiaires ?

— Oui. Je leur apprends comme on m'a appris, je les guide, mais je n'ai jamais une seule paperasse à remplir. Il y a une secrétaire comptable qui gère ces problèmes. Chose qui rebute un artisan du bâtiment pour trois raisons…

— Lesquelles ? demanda Mary.

— D'abord, parce qu'il n'en a pas le temps, ensuite, parce qu'il n'en a pas forcément les compétences, et enfin, parce qu'il n'en a en général pas le goût.

— C'est bien vu, reconnut Mary en se levant. Je vous remercie pour ce délicieux repas et pour ce temps que vous avez bien voulu nous consacrer.

— Ce fut un plaisir, dit la cuisinière, s'apprêtant à saisir la note que l'employée avait déposée dans une belle coquille d'ormeau.

Mais Mary fut plus prompte.

— S'il vous plaît…

Elle tendit sa carte bancaire à la jeune serveuse et abandonna un billet de dix euros pour le service.

Puis les deux flics prirent congé de cette accueillante Table du Marin.

Chapitre 13

— Et maintenant ? demanda Fortin en se glissant derrière le volant.

— Maintenant, direction Lorient, 12 quai des Indes.

— On va chez l'autre frangine ?

Elle le regarda avec un petit air ironique.

— On ne peut rien te cacher !

Tandis qu'il rentrait l'adresse dans le GPS, elle lui demanda :

— Comment as-tu deviné ça ?

Il lui fit une grimace et lui retourna une réponse qu'elle lui avait faite cent fois :

— Eh, je suis de la police, non ?

Elle se contenta de sourire.

Les quarante kilomètres séparant Auray de Lorient furent couverts en une demi-heure.

Amélie Larmenciel habitait au second étage d'un petit immeuble de construction récente, face au bassin du port de plaisance qui remontait jusqu'au cœur de la ville. Celle-ci ayant subi un pilonnage en règle lors de la Seconde Guerre mondiale, il ne subsistait plus beaucoup de traces de l'habitat ancien. Certains bâtiments datant de la Compagnie des Indes, ou d'autres de style Art Déco, avaient cependant été reconstruits à l'identique, conférant un charme original à cette cité, qui affichait sans conteste le dynamisme des cités portuaires dans lesquelles il faisait bon vivre.

Il était seize heures lorsque Mary enfonça la sonnette de la porte vernie d'Amélie Larmenciel.

Un œilleton dénonçant la présence d'un judas dans la porte, elle fit signe à Fortin de se pousser dans le couloir. La porte s'ouvrit, retenue par une chaîne de sûreté, et Mary demanda :

— Amélie Larmenciel ?

Une voix méfiante lui répondit :

— Oui… C'est à quel sujet ?

Mary lui montra sa carte.

— Commandant Lester, police judiciaire.

La silhouette entrevue par l'entrebâillement de la porte eut un mouvement de recul.

— La police ?

— Oui. Je suis chargée d'une contre-enquête à propos de la disparition de votre sœur Aude…

Elle entendit une voix inquiète qui haletait.

— Une contre-enquête ?

— Oui. Pouvez-vous me consacrer quelques minutes de votre temps ?

— C'est que…

Mary la sentait terriblement méfiante. Enfin, elle entendit la chaîne tomber et la porte s'ouvrit. Amélie Larmenciel était une grande fille brune qui ne ressemblait en rien à la cuisinière de La Table du Marin. Quand elle aperçut la haute silhouette de Fortin derrière Marie, elle eut un nouveau mouvement de recul.

Mary s'efforça de la rassurer.

— Ne craignez rien, vous savez que les flics vont toujours par deux. Le capitaine Fortin est mon équipier.

À son tour, Fortin lui présenta sa carte et s'inclina fort civilement.

— Bonjour, Madame.

— Bon… bonjour, Monsieur.

Mary remarqua qu'elle tremblait. Elle s'étonna :

— Vous avez froid ?

Amélie fit non de la tête.

— C'est nous qui vous faisons peur ?

Elle agita la tête comme précédemment.

— Alors, qu'est-ce qui vous effraye à ce point ?

Amélie frissonna et, en resserrant le col de son chemisier d'une main nerveuse, elle chuchota d'une voix étranglée :

— C'est toute cette violence, ces viols, ces agressions au couteau…

— On vous a menacée ? Mais vous êtes ici chez vous, votre porte est bien défendue…

Amélie esquissa un mouvement d'épaules.

— Est-on en sûreté quelque part ?

Puis elle haussa de nouveau les épaules.

— C'est que je ne m'attendais pas…

Encore une qui avait du mal à finir ses phrases.

— Vous ne vous attendiez pas à voir la police débarquer chez vous ?

— Je n'ai pas peur de la police, dit-elle.

— Tant mieux ! Nous venons de Saint-Goustan, où nous avons déjeuné chez votre sœur Lucy, dit Mary.

Elle considéra la silhouette longiligne de la professeure de français. L'aînée des filles de madame

Larmenciel était plus que jolie, elle était belle et il émanait de toute sa personne une grâce innée. Cependant, sa bouche pulpeuse déformée par un pli d'amertume ne souriait pas.

— Votre sœur ne m'a pas paru aussi alarmée que vous.

— Lucy a toujours eu beaucoup plus d'assurance que moi. C'est une battante…

Il fallait bien qu'elle le fût pour s'imposer, comme elle l'avait fait dans un milieu où la concurrence était féroce et où on ne se faisait pas de cadeau. Elle était de la race des Gertrude et, en cas d'agression, Mary était certaine qu'elle se fût défendue hardiment.

Mary s'enquit d'une voix douce :

— Qu'est-ce qui vous tracasse ?

Amélie Larmenciel s'efforça de sourire, mais cela ne produisit qu'une sorte de rictus. Elle s'était un peu reprise.

— Excusez-moi, dit-elle, il se passe tellement de choses affreuses en ce moment…

— Vous rencontrez des difficultés particulières dans votre métier ?

— Comme tous les profs, dit-elle. Ce métier est devenu une activité à haut risque.

Elle faisait évidemment allusion aux récents assassinats de plusieurs enseignants.

— Certes, dit Mary, mais quand vous rentrez chez vous… Le quartier me paraît bien tranquille.

— Il le paraît, en effet, mais ce calme est très illusoire. C'est aussi gangrené qu'ailleurs et d'autant plus dangereux qu'il paraît fort paisible. Mais venez par ici, s'il vous plaît.

Elle les introduisit dans le séjour et montra un canapé et deux fauteuils.

— Si vous voulez vous asseoir…

Fortin prit un fauteuil et Mary le canapé. Amélie Larmenciel se posa du bout des fesses sur le dernier fauteuil.

— Je suppose que la disparition de votre sœur Aude vous a cruellement affectée.

Elle hocha la tête affirmativement et deux grosses larmes coulèrent sur ses joues. Elle les épongea avec un mouchoir de papier.

— Excusez-moi… Ça, en plus du reste…

Elle renifla et se moucha.

— Comme on ne sait pas ce qui s'est passé, c'est très angoissant. Je n'arrive pas à m'en remettre…

— Je comprends ça, dit Mary. Cependant, nous sommes là pour le découvrir.

— Bien sûr…

Elle eut un geste qui signifiait qu'elle ne croyait guère à des avancées dans ce domaine.

— Je croyais que l'affaire avait été classée ?

— En effet, reconnut Mary, mais c'est une décision qui a cruellement affecté votre maman. Elle a fait des pieds et des mains pour que l'enquête se poursuive et elle a fini par avoir gain de cause. J'ai donc été chargée par mon chef, le commissaire divisionnaire Fabien de Quimper, de reprendre le dossier.

— Il est vrai que quand Sophie a quelque chose en tête… souffla Amélie tristement.

— J'ai remarqué, dit Mary, que, comme votre sœur, vous appelez votre mère par son prénom…

— Oui, ça a toujours été comme ça.

Elle n'alla pas plus loin dans l'explication de cette habitude.

Mary n'insista pas et poursuivit :

— J'ai également noté que vous avez fait de brillantes études. L'agrégation de lettres classiques, c'est tout à fait remarquable.

Amélie minimisa :

— C'est sans mérite, vous savez. J'ai toujours aimé étudier.

— Dans un genre différent, votre sœur Lucy poursuit elle aussi un parcours peu commun. Lorsqu'on est une femme, devenir chef de cuisine dans un deux-étoiles à son âge est tout à fait exceptionnel.

— Je vous crois. Personnellement, c'est une voie que je n'aurais pas voulu suivre.

— Il en faut pour tous les goûts. Et Aude ?

— Ah, Aude… c'est un cas à part, Aude ! Elle a détesté l'école autant que je l'ai aimée.

— Je vais être indiscrète. Vivez-vous toute seule ?

Amélie baissa la tête.

— Oui.

— Je n'ai pas posé la question à Lucy…

— Moi non plus…

— Ah, donc vous ne savez rien de plus sur sa vie ?

— Non. Si elle avait voulu que j'en sache davantage, elle me l'aurait dit.

Elle ne cessait de consulter furtivement sa montre.

— Vous attendez quelqu'un ? Si vous avez un rendez-vous, nous allons nous retirer.

— Non, non, attendez, dit-elle.

Après un temps d'hésitation, elle ajouta à mi-voix, comme si elle avait peur qu'on l'entende à travers la cloison :

— Il y a un type dangereux qui habite l'immeuble.

Le front de Mary se plissa.

— Comment ça, dangereux ? Un fiché S ?

— Je ne sais pas, mais il vaut mieux ne pas le croiser.

— Il vous harcèle ?

— On peut dire ça, oui.

— Ah, ah ? s'exclama Fortin dont on n'avait pas encore entendu la voix. On vous harcèle ?

Là, on arrivait pile-poil dans son domaine de compétence.

— Oui, un sale type vient frapper à ma porte à toute heure du jour et de la nuit pour me débiter des insanités.

— Vous avez prévenu la police ?

— Oui, mais à chaque fois que les flics sont venus pour l'inciter au calme, les nuits qui ont suivi, il s'est déchaîné. Quand ils sont là, ils contrôlent le bonhomme, mais soi-disant qu'ils ne peuvent rien faire. Ils attendent sans doute qu'il ait tué quelqu'un.

— C'est malheureusement comme ça que ça se passe, reconnut Mary. Les tribunaux sont surchargés, les prisons sont pleines et les flics en ont marre d'arrêter des types dangereux qui sont remis en liberté avant même qu'ils aient fini de remplir les paperasses afférentes à l'arrestation.

Amélie eut un pauvre sourire.

— Vous me dites ça pour me réconforter ?

Au moment où Mary allait répondre, la sonnette se mit à carillonner frénétiquement. Amélie pâlit.

— C'est lui…

Elle paraissait paralysée. Derrière la porte, le harceleur se déchaînait. On l'entendait hurler : « Ouvre, salope ! Ouvre ou je défonce ta porte… »

Fortin, le mufle mauvais, se leva.

— Qu'est-ce que vous allez faire ? s'inquiéta Amélie.

— Le calmer, répondit laconiquement le grand.

— Méfiez-vous…

Mary intervint.

— À mon avis, c'est ce malotru qui devrait se méfier.

Fortin ouvrit brutalement la porte palière et se trouva face à un type aux cheveux longs, vêtu d'un ensemble de jean, pantalon et blouson, qui n'était plus de la première fraîcheur. Ses doigts chargés de bagues sortaient de mains entièrement tatouées. Le poing tendu qu'il s'apprêtait à abattre sur la porte resta levé, comme paralysé devant cette apparition inattendue.

— Vous cherchez quelqu'un ? demanda aimablement Fortin.

Le tatoué brailla :

— Qui que t'es, toi ?

— Le professeur de politesse. On ne tape pas comme une brute sur une porte qui ne vous a rien fait.

La voix de Fortin se fit plus dure :

— On n'injurie pas une personne qui ne vous connaît pas. Compris ?

Interdit, le tatoué éructa :

— Ta gueule, grand con ! Si tu crois que tu me fais peur…

Avant qu'il ait pu faire un geste, Fortin lui prit le nerf du cou entre le pouce et l'index et serra. La douleur fut si intense que le zigomar tomba à genoux. Fortin l'entraîna dans l'appartement où se tenaient les deux femmes.

— Monsieur ne veut pas bénéficier de mes leçons de politesse. C'est pourtant gratuit !

Mary avait sorti son téléphone et filmait.

— C'est ça, la terreur qui vous persécute? demanda Fortin à Amélie. Tss… Regardez ça, un minable, une lavette qui ne tient même pas debout.

Il secoua le bonhomme qui était au bord de la syncope et le mit à genoux.

— Demande pardon à la dame! ordonna-t-il.

— Par… pardon! balbutia le misérable, le visage inondé de larmes.

— Plus fort! J'ai pas entendu!

— Pardon! Pardon! Aouh… Vous me faites mal!

— C'est mieux! Je te fais mal? Ce n'est que le commencement de la première leçon. Tu recommenceras?

— Non… Non… je ne le ferai plus!

— Plus fort!

— Je ne le ferai plus!

Fortin le lâcha et il s'affaissa.

— Donne tes papiers!

Le misérable parvint à sortir un portefeuille de sa poche. Mary le prit et photographia sa carte d'identité, son permis de conduire, sa carte Vitale et dit à Fortin:

— C'est bon!

Fortin prit les papiers et les consulta tandis que le harceleur, toujours à genoux, se massait l'épaule.

— Cambon Frédéric. Tu sais que tu es un veinard, toi? Te voilà devenu une vedette. Dès ce soir, tu vas être sur tous les réseaux sociaux, tes copains vont pouvoir t'admirer et admirer ton grand courage.

Il saisit le zigomar au col et le souleva d'une main.

— Maintenant, tu vas de nouveau présenter tes excuses à la dame.

Le misérable balbutia:

— J'm'excuse!

— Pas comme ça, gronda Fortin en le secouant vigoureusement. On dit : « Madame, je vous prie de m'excuser. » Répète !

Cambon répéta piteusement.

— Voilà, fit Fortin satisfait. Et maintenant, ajoute : « Je ne recommencerai plus. »

En le tenant toujours au col et en le fixant avec des yeux terribles, Fortin ajouta :

— Je vais te dire encore une chose, mon pote. Amélie, c'est ma copine, tu entends bien, MA copine ! Alors, si tu t'avises encore une fois, je dis bien une seule fois, de l'approcher et de frapper à sa porte, tes bras, tes jambes, j'en fais du petit bois.

Il poussa le misérable vers la porte et, d'un formidable coup de pied au cul qui le décolla du sol, il l'envoya bouler dans l'escalier. Se souvenant d'une parole historique qui avait défrayé la chronique en son temps, il gronda :

— Casse-toi, pôv' con !

Puis il revint, satisfait comme un petit scout qui vient de faire sa bonne action du jour.

— Je crois que vous dormirez tranquille cette nuit, annonça-t-il avec un bon sourire. Toutefois, si ce monsieur n'en a pas eu assez et s'il revenait à la charge, un coup de biniou et je suis là pour la piqûre de rappel.

Amélie Larmenciel ne savait plus s'il fallait rire ou pleurer. Elle considéra Fortin, qui avait repris place dans le fauteuil, et s'exclama :

— Vous alors !

Elle en balbutiait, cherchait ses mots (chose rare chez une prof de français).

— Vous... vous... vous êtes formidable !

Mary se leva.

— Vous avez raison, le capitaine Fortin est un formidable professeur de politesse.

Sur cette flatteuse appréciation, ils descendirent l'escalier avec la bénédiction d'Amélie qui, tenant précieusement la carte du capitaine Fortin dans son poing serré, mêlait maintenant le rire aux larmes.

Chapitre 14

Fortin l'avait déposée à l'entrée de la venelle du Pain-Cuit. Mary retrouva avec plaisir son chat qui l'attendait derrière la porte et qui manifesta sa satisfaction lorsqu'elle se pencha pour le caresser.

Amandine, qui ne regagnait son « gourbi » sous les toits que pour dormir, somnolait dans un fauteuil sous la véranda. En entendant Mary pousser la porte, elle tressaillit et se releva vivement comme si elle était prise en défaut.

Mary la repoussa doucement.

— Ne vous dérangez donc pas !

Le journal ouvert à la page des mots croisés et le crayon avaient glissé aux pieds d'Amandine.

— Oh, s'exclama-t-elle toute contrite, je me suis endormie !

— Ça ne peut que vous faire du bien, assura Mary. Prendrez-vous une tasse de thé avec moi ?

— Je vais le préparer ! dit Amandine en glissant hors de son fauteuil.

Mary ne protesta pas. Elle savait que ce serait en vain. Tout ce qui touchait à la cuisine, fût-ce la préparation d'un thé, était du domaine réservé de sa vieille amie. Mary l'avait presque vue prendre le mors aux dents lorsqu'elle avait tenté de contester ce qu'Amandine considérait comme un droit acquis.

Le thé fut servi, avec des petits gâteaux aux amandes, comme il se doit. Amandine demanda d'un air trop détaché :

— Alors, où en êtes-vous ?

Mary, qui feuilletait un catalogue de jardinage, répondit distraitement :

— De quoi ?

— Eh bien, de votre enquête, pardi !

Mary leva vers elle un œil interrogatif.

— Mon enquête ? Quelle enquête ?

Amandine répondit avec humeur :

— Eh bien, celle dont la grande bringue est venue vous entretenir l'autre soir !

Mary replia la revue qu'elle feuilletait sans conviction.

— Vous voulez sans doute parler de madame Larmenciel ?

— Exactement !

— Je serais bien en peine de répondre à cette question. Tout ce que je sais, c'est qu'il lui reste deux filles, dont l'aînée, Amélie, est une brillante intellectuelle…

Amandine fit la grimace. Les brillantes intellectuelles ne l'avaient jamais inspirée.

— Ça ne semble pas vous intéresser, mais la seconde en revanche, qui se prénomme Lucy, est, à vingt-trois ans, chef de cuisine à La Table du Marin.

Elle savait qu'Amandine, qui avait toujours manifesté une vocation de cuisinière, serait ravie d'apprendre que Mary connaissait une personne de cette qualité. Amandine répéta presque dévotieusement :

— La Table du Marin à Auray ?

— Plus précisément à Saint-Goustan, qui fut le port de commerce d'Auray au temps de la marine à voile. Vous connaissez ?

— J'ai lu, dans *Cuisines de France*, que cette table réputée avait été reprise par une jeune femme.

— Eh bien, c'est elle, Lucy Larmenciel.

L'attention d'Amandine s'aiguisa.

— Ne me dites pas…

— Que je l'ai rencontrée ? Mais si, ma chère Amandine, ce midi même.

— Vous avez…

— … déjeuné là-bas ? Mais oui, ma bonne amie !

— Toute seule ?

Mary fit les gros yeux.

— Vous n'y pensez pas ! On ne déjeune pas dans un établissement de cette classe en solitaire. J'avais un cavalier…

Le front d'Amandine se plissa.

— Monsieur Yann ?

— Tss… Il travaille, monsieur Yann !

— Alors…

Elle lui tira la langue comme une gamine mal élevée.

— Alors, madame la curieuse, j'étais avec Fortin.

Elle ajouta en chuchotant :

— Mais ne le répétez pas !

Amandine lui décocha un regard noir.

— Si ça venait aux oreilles de monsieur Yann…

— Il s'en fiche bien, monsieur Yann, répondit cavalièrement Mary, tout le monde sait qu'il n'y a pour lui aucune cuisine qui vaille celle de madame Trépon.

— Oh, dit Amandine, moitié ravie, moitié fâchée, vous racontez n'importe quoi !

— Pas du tout ! assura Mary avec la plus parfaite mauvaise foi. Pas du tout !

Amandine haussa nerveusement les épaules.

— Et la troisième sœur ?

— Aude ? La petite Aude ?

— Oui, celle qui est morte ?

Mary avoua son ignorance.

— Morte ou disparue, nous n'avons pas réussi à savoir ce qu'elle faisait. Je sais qu'elle adorait danser…

— Comment avez-vous su cela ?

— Par monsieur Lagathu, ce vieux monsieur qui l'hébergeait dans une cabane, au fond de son jardin.

Amandine s'exclama, horrifiée :

— Une cabane ?

— Parfaitement, mais rassurez-vous, une cabane bien confortable tout de même.

Amandine secouait la tête, mal convaincue. Mary poursuivit sur le ton de la confidence :

— Il paraît qu'elle adorait danser pieds nus dans l'herbe.

— Toute seule ?

Amandine était de la génération du tango et du slow langoureux qui se pratiquait avec un cavalier, étroitement enlacée de préférence… Danser toute seule ? Quelle idée !

— Ce n'est tout de même pas comme ça qu'elle gagnait sa vie ?

— Je n'en sais encore rien, dit Mary. Toujours est-il qu'elle ne demandait d'aide à personne, ni à sa mère ni à ses sœurs…

— C'est donc un mystère ?

— Oui, reconnut Mary, si on en savait un peu plus long à ce sujet, ça nous arrangerait bien. Savez-vous ce qu'elle aurait aimé faire ?

— Comment voulez-vous que je le sache ?

L'humeur d'Amandine Trépon n'était pas encore au beau fixe.

— Lucy, sa cuisinière de sœur, m'a laissé entendre qu'elle aurait aimé être menuisière.

— Menuisière ? C'est quoi ça, menuisière ?

— C'est le féminin de menuisier.

— Ah… une femme ?

— Oui, une femme qui travaille le bois.

— Je ne savais même pas que ça existait.

— Eh bien, si. Quand une femme travaille en cuisine, on dit que c'est une cuisinière, et quand elle fait le travail d'un menuisier, c'est une menuisière.

Amandine en resta sans voix.

— Et je peux vous dire, ajouta Mary, qu'elle avait des dispositions pour ce métier. Elle a fait de la vieille cabane qui servait de débarras, après qu'elle l'eut débarrassée du capharnaüm qui l'encombrait, une adorable petite maison dans laquelle il me semble que je me serais bien plu.

Elle sortit son téléphone portable et fit défiler les photos qu'elle avait prises lors de sa visite chez les Lagathu.

Amandine ne put que s'extasier :

— C'est drôlement bien, dites donc !

— Oui, c'est mieux que bien. Et tout a été meublé avec du mobilier de récupération.

La photo d'Aude près de son vélo apparut.

— Regardez, même son vélo est une machine qui partait à la ferraille.

Amandine s'exclama :

— Ma mère avait une bécane comme ça !

— Ma grand-mère aussi, avoua Mary. C'est du matériel d'avant-guerre !

Elle se demanda tout haut :

— Mais qu'est-elle donc devenue ? Je ne l'ai vue nulle part !

Chapitre 15

Pour le moment, la vie était pleine de questionnements, mais il n'y avait guère de réponses. C'est ce qu'elle dut avouer au commissaire Fabien qui s'enquerrait de l'évolution de son enquête.

— Vous m'avez refilé un drôle de casse-tête !

Le commissaire parut déçu.

— Rien en vue ?

Elle secoua la tête négativement.

— Rien de rien ! La vie de cette Aude Larmenciel est un vrai mystère. Voilà une jeune fille qui semble avoir eu une existence parfaitement normale jusqu'à sa majorité où, du jour au lendemain, elle abandonne l'école et quitte le cocon familial.

Fabien haussa les épaules.

— Encore une innocente qui voulait vivre sa vie, sans doute. Je crois savoir que c'est le cas de milliers de lycéens dans notre pays.

— Il n'y a pas que ça, fit Mary, agacée. Dans notre pays, il y a aussi les Tanguy…

Le commissaire fronça les sourcils.

— Qui ça ?

— Les Tanguy, ceux qui se refusent à quitter papa et maman et qui, à quarante ans, occupent encore leur chambre d'enfant. Vous en avez entendu parler, tout de même. Cela a même inspiré un cinéaste dont le film a connu un certain succès, en 2001 je crois.

— Pff! dit-il. Je n'ai pas le temps de regarder la télé, et encore moins d'aller au cinéma. Et alors ?

— Il y a donc les Tanguy qui s'incrustent, et les autres, qui n'attendent que leur majorité pour prendre leur envol, et qui parfois ne l'attendent même pas.

— Et, selon vous, Aude Larmenciel appartenait à cette seconde catégorie ?

— J'ai tout lieu de le penser, encore qu'elle a attendu ses dix-huit ans pour jouer la fille de l'air. Cependant, ce qui surprend dans son cas, c'est qu'on ne lui connaît ni petit ami ni gentilles amies. D'ordinaire, les jeunes sont plutôt grégaires…

Le front du commissaire se plissa.

— Pardon ?

— Grégaires, ils aiment vivre en groupe.

— Ah ! s'exclama le commissaire, soulagé. Je croyais que ça concernait les moutons.

— Certes, dit Mary, mais ça concerne aussi tous ceux qui se comportent comme ces ovidés.

Le front de Fabien se plissa.

— Les quoi ?

— Les moutons, quoi…

— Ah, dit-il, satisfait, j'avais mal entendu.

Avait-il craint que la malheureuse Aude fût atteinte d'une affection mystérieuse, de quelque maladie orpheline contre lesquelles on ne connaît pas de traitement ?

— Les filles de cet âge ont généralement un petit ami…

— Et elle n'en avait pas ?

— Du moins, je n'en ai pas trouvé trace. Il est vrai que, dans cette famille, on paraît avoir le culte du secret. Ses seules relations étaient, semble-t-il, un couple d'octogénaires, monsieur et madame Lagathu, chez qui elle avait élu domicile. Enfin, élu domicile, c'est une façon de parler. Ils lui permettaient de disposer d'une cabane de jardin qu'elle avait aménagée en maisonnette.

— Et elle vivait là-dedans ?

Mary acquiesça. Le masque du commissaire disait assez qu'il n'y croyait guère. Mary ajouta :

— N'y voyez rien de surprenant. Il y a de plus en plus de gens qui optent pour cet habitat minimaliste. Vous avez entendu parler des Tiny Houses ?

Le visage du commissaire affichait la plus grande perplexité : les Tanguy, les grégaires, les ovidés, et maintenant les Tiny Houses… Il allait devoir réactualiser son vocabulaire.

— Les quoi ?

— Les Tiny Houses, ces maisons de poupées aménagées comme des cabines de bateau, posées sur des remorques et qu'on peut déplacer comme on veut.

— Encore une lubie des progressistes ! Tiny Houses… de mon temps, on appelait ça des roulottes et c'était réservé aux romanichels, grogna Fabien.

— C'est ça, et quand c'étaient des caravanes, on parlait des gens du voyage et plus tard, des vacanciers. Ne trouvez-vous pas que c'est une façon plutôt sympathique de résoudre la crise du logement ?

— Bof, dites ça à Fortin, qui a tant de mal avec trois ou quatre familles de gitans. À part le mot, vos marchands de Tiny Houses n'ont rien inventé !

Mary sentit que le patron n'était pas près d'adopter ce mode de vie. Elle changea de sujet :

— Je crois que je vais retourner voir madame Laurier.

— La juge Laurier ? s'exclama Fabien. Elle vous a convoquée ?

— Non, je veux simplement lui demander conseil.

Le commissaire était stupéfait.

— Vous… Mais elle n'a rien à voir dans cette affaire !

— Elle représente l'autorité judiciaire !

— Pardieu, je le sais bien ! s'exclama Fabien, furieux.

Puis il la regarda d'un air finaud en la pointant de l'index.

— Vous, vous cherchez un parapluie !

Elle regarda le commissaire avec un petit sourire et dit :

— Hé, hé…

Cela le fâcha.

— Hé, hé, ça veut dire quoi « hé, hé » ?

Elle leva les mains devant son visage, simulant un geste de protection.

— Ne vous emballez pas, je vais vous l'expliquer. Vous me conseillez, je vous cite, de me pencher sur l'affaire Larmenciel et, s'il se peut, de tailler des croupières aux limiers du SRPJ. C'est bien ça ?

Il reconnut de mauvaise grâce :

— Ça se pourrait. Et alors ?

— Comment ça, ça se pourrait ? Vous avez la mémoire qui flanche ?

Il capitula et redit :

— Bon, et alors ?

— Alors, je ne suis pas missionnée officiellement.

Il le savait bien, le fourbe ! Mais fort de sa supériorité hiérarchique, il fit comme s'il n'en était rien et que ça n'avait guère d'importance.

— Bof… ce n'est pas ce qui vous gêne habituellement.

— Je dois vieillir car, effectivement, ça commence à me gêner. J'ai comme l'impression que j'enquêterais mieux si j'avais un ordre signé de vos blanches mains…

Découragé, le commissaire regarda ses mains comme pour s'assurer qu'elles avaient la blancheur requise et soupira.

— Je vous trouve bien formaliste. Ce n'est pas la première fois que ça arrive. Vous ne me faites pas confiance ?

— Si, patron, bien sûr que si, mais…

— Mais quoi ?

— Mais ce n'est pas vous qui délivrez les commissions rogatoires.

Fabien eut un mouvement de recul.

— Des commissions rogatoires ?

Il répéta en insistant :

— Des commissions rogatoires ? Comme vous y allez ! Chez qui comptez-vous perquisitionner ?

Elle répondit légèrement :

— En cette matière, je n'ai jamais d'*a priori*, mais une telle enquête m'amènera sûrement à en avoir besoin.

— Eh bien, puisque vous y tenez tant, voyez ça avec madame la juge, dit le commissaire d'un air dépité autant qu'agacé.

Elle se leva et se dirigea vers la porte.

— Puisque j'ai votre bénédiction…

— C'est ça, grogna-t-il, et… et…

— Et quoi ?

— Et tenez-moi au courant !

— Ça va de soi, patron !

Elle dévala l'escalier et buta quasiment sur Fortin, qui la retint par le bras.

— Où cours-tu comme ça ? Tu as gagné le gros lot ?

— Mieux que ça, j'ai un rencard !

Il fronça les sourcils.

— Un rencard ?

— Ouais !

— Yann ?

— Non.

— Qui alors ?

Elle le défia du regard.

— Vous êtes bien curieux, mon ami !

— Allez, arrête de faire ta chochotte, déballe !

— Ça ne va pas te plaire…

Elle vit son front se plisser.

— Un mec ?

Elle secoua la tête négativement.

— Une femme alors ?

— Quelle perspicacité ! Viens avec moi si tu veux.

Il devint méfiant tout à coup.

— Holà, ça sent le coup fourré !

Elle éclata de rire.

— Gros nigaud, je vais chez la juge Laurier !

Il haussa furieusement les épaules.

— Ce que tu es chiante !

— Ah, sois poli, hein, sans ça, je ne t'emmène pas !

Il émit une sorte de rire douloureux.

— Chez la mère Laurier ? Très peu pour moi ! s'exclama Fortin en replongeant sur ses fiches.

Il siffla comme un serpent :

— Tss, la mère Laurier… J'sais pas c'que tu lui trouves.

— C'est elle qui me trouve ! Je te dirai plus tard, mais, avant, il faut que je l'appelle.

Fortin resta silencieux, alors, elle prit son téléphone et composa le numéro du palais de justice.

La standardiste lui passa le bureau de la magistrate. Elle entendit immédiatement la voix trémulante de madame Guyon, la petite greffière de la redoutable juge, et demanda d'une voix allègre :

— Bonjour, madame Guyon, ici Mary Lester… Vous me remettez ?

Elle entendit une sorte de couinement de souris.

— Ouiii, commandant…

— À la bonne heure, ma chère amie ! Au passage, je vous suis reconnaissante de ne pas m'appeler « commandante ». Je suppose que madame la juge est surmenée ?

— Vous ne croyez pas si bien dire. Elle est si fatiguée qu'elle a dû s'absenter.

— Zut ! s'exclama Mary. J'avais besoin de ses services.

La petite voix de madame Guyon annonça :

— C'est le juge Le Gallou qui la remplace pendant son congé maladie.

Comme Mary avait l'oreille fine, il lui sembla percevoir des ondes de satisfaction dans cette phrase.

— Holà, c'est donc si grave ?

— Je ne sais pas. On parle d'un « burnoute ».

— Un quoi ? demanda Mary.

— Un…

La petite greffière hésita et lâcha :

— Elle est surmenée, quoi !

— Ah, je vois, ne serait-ce pas un *burn-out* ?

— C'est ce que je vous ai dit !

Ce n'était pas tout à fait ce que Mary avait entendu, mais elle passa outre.

— Tiens donc, c'est un mal à la mode en ce moment.

Madame Guyon protesta :

— Ce n'est pas une affaire de mode, elle est réellement malade !

— Je vous crois d'autant plus que je n'ai jamais eu le sentiment que madame Laurier était une tire-au-flanc. Je peux me tromper, mais je ne l'ai jamais crue capable de simuler une maladie pour sécher le prétoire.

La greffière opina avec conviction :

— Certes, non. Je ne peux pas vous passer le juge Le Gallou, il est absent toute la journée.

— Tant pis, je rappellerai demain.

— Vous verrez, le juge Le Gallou est très gentil.

— Heureusement ! fit Mary hypocritement. Mais soyez sans crainte, cette chère madame Laurier vous sera bientôt rendue.

— Vouiii… couina encore la petite greffière.

— Présentez-lui mes vœux de prompt rétablissement. Elle doit vous manquer beaucoup, n'est-ce pas ?

— Ouiii… susurra-t-elle dans un souffle, peut-être pour signifier poliment à Mary que la redoutable juge ne lui manquait pas tant que ça.

Cependant, on sentait qu'elle n'aurait vu aucun inconvénient à voir son exigeante patronne remplacée par un patron.

Mary rentra directement à son domicile, chercha une photo où figurait la juge Laurier et, sous le regard de Mizdu qui ne la lâchait pas des yeux, elle posa la baguette d'if sur le front de la juge et, très concentrée, tourna lentement jusqu'à être revenue à son point de départ.

— Merouin ! fit alors le gros chat en s'étirant.

C'était sa façon d'approuver ce que Mary venait de faire.

Alors, elle raccrocha la baguette au support de la cheminée, satisfaite d'avoir reçu la bénédiction de Mizdu.

— On verra bien ce que ça donnera, souffla-t-elle à mi-voix.

Puis elle ouvrit son piano, roula la bande ouatinée qui protégeait les touches d'ivoire et commença ses gammes pour se délier les doigts.

Chapitre 16

Le lendemain, elle passa au bureau à neuf heures, juste à la même heure que le commissaire Fabien qui la salua courtoisement et lui céda galamment le pas en lui tenant la porte.

— Merci, patron, lança-t-elle.

Ces attentions de « vieille France » la touchaient toujours beaucoup.

Le commissaire s'arrêta devant l'accueil et, après avoir rendu son salut au nuiteux qui attendait la relève pour rentrer chez lui, demanda :

— Secteur calme, Branellec ?

— Oui, monsieur le commissaire. La routine, une bagarre à la gare, deux types ivres morts qui cuvent en geôle, un tapage nocturne au Braden…

— Où sont passés les bagarreurs ?

— Envolés dès qu'ils ont vu les gyrophares.

— Ils courent de plus en plus vite, hein ?

— Forcément, patron, ils sont de plus en plus jeunes.

Elle pensa : *et toi, de plus en plus lourd, mon vieux Branellec.*

Mary avait regagné son bureau à l'étage. Devant la porte, Fortin s'entretenait avec les « en tenue » du match de foot qui avait opposé Nantes à Saint-Étienne. Elle dut troubler la conversation, car les deux briscards parurent soudain se souvenir qu'ils avaient quelque chose d'urgent à faire.

— Eh ben, dis donc, on dirait que je leur fais peur !

— Il y a de ça, concéda-t-il. Qu'est-ce que tu as prévu aujourd'hui ?

— Une visite à la LFC.

Devant son air perplexe, elle précisa :

— Ce n'est pas le Lorient Football Club, mais la Financière celtique. La jeune Aude Larmenciel y faisait des piges.

— Elle y travaillait ?

— Oui, mais assez épisodiquement, c'est pourquoi j'ai parlé de piges. Je voudrais éclaircir ça.

Fortin endossa son blouson de cuir râpé aux coudes.

— Eh bien, alors, allons-y !

Il n'avait même pas eu le temps de consulter *l'Équipe* du jour qui dépassait de sa poche, mais il comptait bien laisser Mary Lester aller seule dans l'établissement financier. Il garderait la voiture en prenant les nouvelles du jour.

La Financière celtique était une maison modeste en regard des grandes banques comme le Crédit Agricole ou la BNP. Il n'y avait pas, au rez-de-chaussée, une profusion de guichets, mais une seule table, de belle facture, derrière laquelle se tenait une jeune femme très élégante à laquelle il convenait de s'adresser.

Mary la salua et demanda à rencontrer le responsable de l'établissement. La jeune femme, qui se nommait Sarah Breuil, l'examina un peu trop longtemps avant de questionner :

— Monsieur Duquesne ?

— Si c'est le grand patron, oui.

La greluche prit un air pincé.

— Vous avez rendez-vous ?

Mary dut convenir que non, elle n'avait pas rendez-vous. Alors, Sarah Breuil sembla ennuyée.

— Monsieur Duquesne ne reçoit que sur rendez-vous. Si vous voulez bien m'indiquer votre nom, votre qualité et le motif qui vous amène, je lui ferai part de votre visite et…

Mary eut un geste d'agacement et la coupa d'un ton plus sec :

— Et vous m'obtiendrez peut-être une entrevue dans trois semaines.

La donzelle la regarda de haut et lui répondit sur le même ton :

— Monsieur Duquesne est très pris et…

Mary la coupa :

— Alors, inscrivez : nom, Lester, prénom, Mary, qualité, entêtée. Quant au motif de ma visite, je lui en ferai part personnellement. Vous voilà éclairée, Mademoiselle.

La greluche pétrifiée ne bougeait pas. Alors Mary l'incita poliment à se remuer.

— Maintenant, officiez, s'il vous plaît, Mademoiselle.

La jeune femme la coupa à son tour :

— Madame, s'il vous plaît !

— Oh, pardon ! dit Mary. Madame Sarah Breuil, j'exige de voir votre patron tout de suite !

Elle sortit sa carte et, avec son plus beau sourire, déclara :

— Dites-lui que le commandant de police Lester fait ça pour gagner du temps, le sien, et le mien. Ça lui évitera d'avoir à se présenter au commissariat demain à neuf heures.

Sarah Breuil avait eu un mouvement de recul en voyant la carte de Mary.

— La police ?

— La police, oui. Alors, votre monsieur Duquesne, il peut me recevoir, oui ou non ?

— Je vais voir, bredouilla la secrétaire en saisissant son téléphone. Monsieur, excusez-moi de vous déranger, mais j'ai là une dame de la police qui souhaiterait rencontrer le directeur…

Elle écouta la réponse et demanda :

— C'est à quel sujet ?

Elle répondit sèchement :

— Affaire le concernant.

Sarah Breuil ne lâchait pas Mary des yeux. Un homme d'une cinquantaine d'années apparut dans l'escalier qui menait à l'étage. Il était long et maigre, portait un austère complet noir qui lui donnait l'aspect d'un *clergyman* en grand deuil. Il s'avança d'un air compassé, d'un pas mesuré et s'inclina devant Mary.

— Madame…

Elle lui montra sa carte.

— Commandant Lester, police nationale. À qui ai-je l'honneur ?

— Labasque, François Labasque, fondé de pouvoir.

Elle s'inclina.

— Très heureuse, monsieur Labasque, je vous suis…

Labasque fronça les sourcils.

— Pardon ?

— Je vous suis jusqu'au bureau de monsieur Duquesne. C'est ainsi que se nomme votre directeur, me semble-t-il.

— C'est que…

— C'est que quoi ? Il n'est pas là ?

— C'est-à-dire que…

Mary commençait à s'impatienter.

— C'est-à-dire que quoi ?

— Le directeur ne reçoit que sur rendez-vous.

— Ah bon…

Elle croisa les bras et toisa le bonhomme.

— Cher monsieur Labasque, vous pourrez dire à ce monsieur Duquesne, puisque vous paraissez être du dernier bien avec lui, que je ne suis pas venue afin de le taper pour la kermesse du patronage, mais pour lui poser quelques questions à propos d'une enquête criminelle. Alors, si vous voulez bien me montrer le chemin, je vous suis.

Le compassé jeta un regard éperdu vers la jolie hôtesse d'accueil et, avec un geste d'impuissance, vaincu par des forces supérieures, il prit le chemin de l'escalier, Mary sur les talons.

Le fondé de pouvoir s'arrêta devant une porte vernie ornée d'une plaque en vrai cuivre qui brillait comme si elle était en or, sur laquelle était gravé dans une calligraphie qui sentait bon la maison de tradition : *Georges Duquesne, directeur*.

Il frappa timidement et une voix rude répondit d'entrer. Monsieur Labasque obtempéra. Mary entendit un timbre irrité :

— Qu'est-ce que c'est, Labasque ? J'avais demandé qu'on ne me dérange pas !

Le fondé de pouvoir allait bredouiller quelque excuse lorsque Mary le poussa et entra dans la pièce en disant d'une voix enjouée :

— Rassurez-vous, monsieur le directeur. Monsieur Labasque entendait certainement se conformer à vos recommandations.

Le directeur, un imposant bonhomme bien nourri, se rencogna dans son fauteuil directorial pour envisager Mary.

— Qui êtes-vous, jeune fille ?

Elle s'avança de trois pas et lui présenta sa carte.

— Commandant Mary Lester, police judiciaire.

Le visage flasque de monsieur Duquesne se rembrunit.

— C'est une plaisanterie ?

Elle assura calmement :

— Pas du tout, Monsieur.

De l'embrasure de la porte, le fondé de pouvoir n'en perdait pas un mot. Le directeur s'en aperçut et aboya :

— Laissez-nous, Labasque !

La porte se referma silencieusement et Mary souffla :

— Vous auriez tort de tenir grief à votre fondé de pouvoir pour cette intrusion, il a tout fait pour la prévenir et j'ai dû le bousculer un peu pour parvenir jusqu'à vous.

Le mufle mauvais, le directeur s'exclama :

— Vous avez bousculé mon fondé de pouvoir ?

Elle rectifia d'une voix paisible :

— Oh, bousculé… Le mot est fort. Je l'ai un peu activé, mais verbalement seulement !

La précision ne calma pas la colère du directeur qui décrocha son téléphone.

— Sarah, il y a une demi-folle qui s'est introduite dans mon bureau. Envoyez-moi la sécurité tout de suite.

— Peut-être devriez-vous m'entendre avant de m'expulser, susurra Mary.

— Et vous, peut-être devriez-vous prendre rendez-vous avant de vous introduire par la force dans un établissement respectable, répliqua-t-il vivement.

— C'est justement parce que je ne sais pas si la Financière celtique est aussi respectable que vous le prétendez que j'interviens sans préavis.

La grosse tête du gros directeur vira à l'écarlate et Mary put craindre soudain qu'il fût frappé par ce que l'on appelait autrefois « un coup de sang ». Sa main tremblait sur son sous-main. Il jeta, d'une voix que la colère faisait vibrer :

— Vous… vous n'êtes qu'une insolente ! Sortez d'ici !

Puis, s'adressant au petit costaud qui venait d'apparaître silencieusement, il ordonna :

— Bertrand, foutez-moi ça à la porte !

L'homme prit Mary par le coude, l'entraîna dans le couloir, lui fit dévaler l'escalier et la poussa sans ménagements.

— Brute, lâchez-moi, vous me faites mal !

Cette protestation n'attira qu'un ricanement et une pression supplémentaire sur son bras.

— Par ici, s'il vous plaît…

Le petit costaud n'avait pas lâché le coude de Mary bien que, sous la douleur, elle eût cessé toute résistance. Visiblement, il éprouvait un plaisir trouble à la sentir souffrir. En haut de son bel escalier, le directeur survolté, dont le visage écarlate virait au violet, vociférait :

— Et ne vous avisez pas de revenir ! Compris, Bertrand ? Que cette créature ne franchisse jamais notre seuil !

— Bien, Monsieur, dit docilement le vigile.

Mary se retrouva bientôt sur le trottoir après avoir croisé le regard goguenard de l'hôtesse d'accueil.

Comme prévu, Fortin lisait paisiblement *l'Équipe* au volant de la voiture de police. En voyant Mary arriver, il replia flegmatiquement son journal.

— Tu as déjà fini ?

— Je me suis fait jeter, mon pote !

— Ah bon, par qui ?

— Par le vigile qui assure la sécurité dans cette boutique.

Elle massa son coude meurtri et jeta avec rancune :

— Le petit salaud, un peu plus, il me cassait le bras !

— Tiens donc, fit le grand en ouvrant sa portière, tu veux que j'aille lui apprendre la politesse ?

L'offre était tentante, mais elle savait comment le capitaine Fortin enseignait la bonne éducation et elle ne la trouvait pas judicieuse. Elle la refusa :

— Non, merci, Jipi.

Toujours flegmatique, il assura :

— C'était de bon cœur.

— Je sais, mais il y a mieux à faire.

— Explique…

— On va au palais de justice !

Il souffla, accablé.

Puis, tandis que la bagnole s'ébranlait, elle forma un numéro sur son portable.

— Allô, madame Guyon ?

Une petite voix lui répondit :

— Voui…

Il n'y avait pas à s'y tromper, c'était bien la greffière de la redoutable juge Laurier.

— Le juge Le Gallou est-il là ?

— Vouiii…

— Pouvez-vous me le passer ?

— Vouiii…

Décidément, madame Guyon n'était pas contrariante. Une voix mâle remplaça les cris de souris de la petite greffière :

— Allô… à qui ai-je l'honneur ?

Elle pensa, ravie : *au moins, celui-là y met les formes.*

— Bonjour, monsieur le juge. Je suis le commandant Lester.

Il en resta un instant sans voix, puis répéta d'une voix extasiée :

— Ah… le commandant Lester ! Savez-vous qu'on m'a souvent parlé de vous ?

— Qui donc ?

Un petit rire agaçant résonna dans l'appareil.

— Hi, hi, hi… Un certain procureur de la République avec lequel vous avez fait il y a quelque temps le siège d'un château fort.

La lumière se fit.

— Ah… Batz-sur-Mer… le procureur Moreau…

— C'est cela même…

— Comment va-t-il, ce cher procureur ?

— Parfaitement bien. Cette aventure… Car c'était bien une aventure, n'est-ce pas ?

— Presque une épopée, Monsieur, dit Mary qui, quand elle sentait que son interlocuteur y était sensible, n'était pas à court de superlatifs.

Sentant son exaltation, elle confirma dans le même registre :

— Vous auriez dû voir ça, monsieur le juge ! dit-elle en souriant intérieurement.

— *Damned !* s'exclama le juge qui devait se marrer aussi. Dire que j'ai raté ça !

Ce n'était pas un épisode des *Aventuriers de l'Arche perdue*, mais, au fil du temps, peut-être cela le deviendrait-il.

Le juge Le Gallou revint au présent.

— Qu'y a-t-il pour votre service, commandant ?

— Je me propose de vous l'exposer si vous pouvez me consacrer quelques instants, disons dans… dix minutes.

— Holà, il y a le feu ?

— En quelque sorte. Disons qu'il y a urgence.

— Eh bien, venez !

— Merci, j'arrive.

Elle raccrocha en disant à Fortin :

— Tu vois, ce n'est pas plus difficile que ça !

Fortin, qui restait toujours partisan des méthodes directes, maugréa :

— Ça aurait encore été plus simple d'aller botter le cul au petit con qui t'a virée.

— Le petit con ne faisait que son boulot. Il avait des ordres.

— Eh bien, alors, botter le cul au gros con qui les donnait, ces ordres.

— Tss ! dit-elle pour marquer sa réprobation. On ne botte pas le cul comme ça à un directeur de banque !

— Dommage !

Fortin avait vraiment l'air de le regretter. Il trouva miraculeusement une place devant l'entrée du palais de justice. Mary lui lança :

— Viens avec moi !

Ce n'était pas une question, mais une directive. L'invitation n'enchanta pas le grand.

— Tu crois que c'est utile ?

— Indispensable ! Il y a plein de bandits là-dedans. J'ai besoin d'être protégée.

L'argument ne parut pas toucher Fortin.

— Faut toujours que tu déconnes !

— Et toi, il faut toujours que tu restes le cul coincé dans la bagnole. Bouge-toi, tu vas finir par faire du lard ! Et puis, je brûle de faire la connaissance de ce juge Le Gallou. C'est le remplaçant de la mère Laurier.

Fortin grogna et renifla, signe d'humeur vindicative.

— Elle est clamsée, la vioque ?

— Pas encore, dit Mary sévèrement. Qu'est-ce que c'est que ce vocabulaire ?

Fortin joua les niais.

— Tu n'as pas compris ?

— Trop bien !

— Alors, c'est le principal.

— Peut-être, mais ça ne s'exprime pas de cette manière.

Il marmonna entre ses dents :

— Chochotte !

Elle tapa du poing sur le tableau de bord et jeta sévèrement :

— Ça va bien, capitaine ! Chouchoute du patron, aujourd'hui chochotte, surveillez votre langage ! La juge Laurier n'est pas morte, elle souffre d'une indisposition, passagère, je l'espère ! Quant au juge qui la remplace, madame Guyon prétend qu'il est très gentil.

— Hum… dit le grand, dubitatif. Gentil avec les voyous, mais, avec les flics, faut voir…

— Eh bien, viens et tu verras !

Le grand s'arracha de mauvaise grâce à la voiture et suivit Mary sans enthousiasme dans ce couloir qu'il commençait à si bien connaître. À peine Mary eut-elle toqué à la porte du cabinet qu'elle s'ouvrit et la greffière apparut, tout sourire.

Qu'est-ce qui se passe? se demanda Mary. Elle n'avait jamais vu la petite dame Guyon avec un visage si détendu. Celle-ci ouvrit largement la porte pour inviter les deux flics à entrer et annonça: « Le commandant Lester et le capitaine Fortin. »

À la grande stupéfaction de Mary, le juge, qui était assis derrière son bureau, se leva de son fauteuil et vint vers eux les deux mains tendues.

— Ah, commandant, il me tardait de faire votre connaissance!

Il regardait Mary avec les yeux émerveillés d'un gosse qui vient de voir le père Noël en lui pétrissant longuement les mains comme pour s'assurer que ce n'était pas une illusion. Il l'abandonna à regret pour passer à Fortin qui eut droit au même accueil.

— Très heureux, capitaine!

Les deux flics, stupéfaits d'être accueillis si chaleureusement, se jetaient des regards interrogatifs.

Le juge Le Gallou était l'antithèse absolue de celle qui l'avait précédé dans ce bureau. Il était aussi grassouillet qu'elle était maigrichonne et aussi souriant qu'elle était rechignée. C'était un quinquagénaire de taille moyenne, tout en rondeurs. Une tête à ne pas se contenter d'une barquette de taboulé prise sur le sous-main de son bureau, mais à s'attabler dans un bon restaurant devant un plat roboratif arrosé d'une bonne bouteille de bordeaux ou de côtes-du-rhône. Il considéra admirativement Fortin.

— Capitaine Fortin…

Après un regard de biais vers Mary Lester, Fortin répondit presque timidement :

— Pour vous servir, monsieur le juge !

— Hé, hé, dit Le Gallou, je n'ai pas de portes de châteaux forts à enfoncer, capitaine !

Mary et Fortin se regardèrent, de nouveau abasourdis, l'homme était d'humeur plaisante. Fortin minimisa modestement l'exploit qu'on lui prêtait :

— Oh, à Batz-sur-Mer, ce n'était pas un vrai château fort…

— C'était pourtant une vraie porte, affirma le juge.

Fortin haussa imperceptiblement les épaules.

— Ouais, si on veut…

— Tout de même ! dit le juge. Quand le procureur Moreau nous a raconté ça, nous avons eu du mal à le croire.

— Ce qu'il ne faudrait surtout pas penser, c'est qu'il s'agit là d'une habitude, dit platement Fortin.

Mary ajouta, pour tirer son vieux complice d'embarras :

— Le commandant Fortin a bien d'autres talents, monsieur le juge !

Le juge s'émerveilla.

— Je n'en doute pas… Monsieur le procureur n'était pas peu fier d'avoir participé à cet assaut. Car il y a participé, n'est-ce pas ?

— Vous en doutez ?

Le juge protesta vivement :

— Non pas !

— Il y a participé de manière fort courageuse, je dois le dire. Il avait endossé un gilet pare-balles et un casque, car il tenait à être en première ligne !

Un rêve de gloire passa fugitivement dans les yeux clairs du juge Le Gallou. Un rêve où il se voyait, lui aussi, prendre part à une action épique qui lui aurait fait oublier un temps tous ces plaignants, ces voyous et leurs défenseurs et ces textes de loi qui bridaient la justice et lui coupaient les ailes. Il ouvrit les yeux sur ce bureau où les dossiers s'empilaient et le rêve s'effaça devant une réalité infiniment moins alléchante.

— Je suppose que vous êtes là pour affaires, comme on dit, avança-t-il en regagnant son siège.

D'un geste, il invita les deux flics à prendre place sur les sièges disposés devant son bureau.

— Tout à fait! assura Mary. Mon patron, le divisionnaire Fabien, m'a confié une enquête délicate: un cadavre en état de décomposition avancée a été découvert dans des filets de pêche au large de la baie des Trépassés. Ce pourrait être le corps d'une jeune femme qui a mystérieusement disparu voici plusieurs mois.

Le juge l'écoutait gravement sans en perdre une miette.

Il demanda avidement:

— Vous avez une piste?

— Non, justement.

Le juge grimaça.

— Forcément, après tout ce temps. Comment procédez-vous?

— On cherche dans ses relations, mais cette jeune femme n'avait justement pas beaucoup d'amis de son âge. Elle a travaillé dans une banque, la Financière celtique.

— Je suppose que vous vous êtes adressée à cet établissement?

— C'était évidemment la première chose à faire.

— Et alors?

— C'est à ce propos que je suis là. Figurez-vous que j'en sors, ou plutôt que je me suis fait sortir avec perte et fracas.

Le visage du juge s'assombrit.

— Pardon ?

— Comme on dit vulgairement, je me suis fait jeter.

— Comment ça ?

— Sur ordre de son directeur, un agent de sécurité m'a brutalement prise par le coude et m'a reconduite sans ménagements jusqu'à la porte en me priant de ne plus jamais remettre les pieds dans son établissement.

— Qu'avez-vous demandé à ce directeur pour le fâcher de la sorte ?

— Il ne m'a pas laissé le temps de lui demander quoi que ce soit !

— Vraiment ?

— Je n'ai pas pu placer un mot et il m'a conseillé, si je voulais le rencontrer, de prendre rendez-vous en exposant le motif de cette démarche.

— Et alors ?

— Alors, je n'ai pas trouvé cette façon de faire normale.

— En effet, approuva le juge, c'est pour le moins bizarre.

— Surtout qu'il a intimé l'ordre à son agent de sécurité de ne plus jamais me laisser entrer dans sa banque.

La bouche du juge se tordit dans un rictus admiratif.

— Eh bien…

— J'en ai donc déduit, poursuivit Mary, que ce monsieur Duquesne – c'est le nom du directeur – pouvait avoir quelque chose à cacher. En suivant ses recommandations, j'aurais eu un rendez-vous dans huit jours, dans quinze jours, laps de temps largement suffisant pour dissimuler ce qui n'est pas montrable.

— D'accord, approuva le juge d'un air entendu, et en vous présentant de manière impromptue, vous l'auriez pris de court.

Il réfléchit.

— Mais maintenant qu'ils sont prévenus, ils vont avoir tout le temps de faire le ménage !

— Ça dépend de vous, dit Mary.

— De moi ?

— Oui, Monsieur. Délivrez-moi immédiatement une commission rogatoire et, dans un quart d'heure, nous entreprendrons une perquisition dans les locaux de la Financière celtique.

Le juge eut une réaction inattendue. Il égrena son petit rire nerveux.

— Hi, hi, hi ! Le procureur Moreau m'avait annoncé qu'avec vous, on ne s'ennuyait pas... Hi, hi, hi... Je suis servi. Puis-je vous accompagner ?

La petite greffière eut un geste pour l'arrêter.

— Monsieur le juge, nous avons des auditions...

Le juge Le Gallou évacua les auditions d'un ample mouvement du bras.

— Remettez, greffière, cas de force majeure, remettez !

Puis il demanda à Mary :

— Vous n'y voyez pas d'inconvénient ?

— De mon côté, rien ne s'y oppose, répondit Mary.

Il remplit à la hâte un document administratif, le raya d'un large paraphe et y appliqua un timbre encreur avec une vigueur de bûcheron.

Mary, pendant ce temps, téléphona à Gertrude.

— Gertrude, j'ai besoin de toi et d'Albert.

— Albert ?

— Oui, dis-lui de prendre de quoi copier des disques durs et venez aussi vite que vous pouvez au siège de la Financière celtique. C'est une banque, oui. Prenez également deux gardiens. Le patron est là ?

— Non, il est en réunion à la préfecture.

— Tant pis, on y va tout de suite.

Fortin faisait déjà ronfler le moteur de son break. Le juge embarqua auprès du chauffeur et Mary se faufila à l'arrière. Excité comme un pou, Le Gallou n'arrêtait ni de ricaner ni de répéter :

— Hi, hi, hi, dites-moi, on ne s'ennuie pas avec vous !

Mary commanda :

— Restez en arrière, monsieur le juge, et ne vous faites pas connaître. Vous allez pouvoir admirer comment on reçoit la police dans cet établissement.

Elle franchit la porte et marcha d'un pas résolu vers l'élégante préposée à l'accueil. Celle qui ne rigolait pas, c'était justement cette Sarah Breuil derrière son bureau.

Chapitre 17

La donzelle appuya frénétiquement sur un bouton d'appel et le petit musclé jaillit comme un ludion.

— Que se passe-t-il, Sarah ?

Celle-ci braqua un index rageur vers Mary Lester.

— C'est encore cette folle !

Le petit musclé qui avait suivi le geste de sa collègue se précipita et se campa les poings serrés devant Mary Lester, dans la posture héroïque d'un Cambronne de sous-préfecture, du type « la garde meurt, mais ne se rend pas, halte-là ! », phrase qu'il ne prononça pourtant pas, d'abord parce qu'il ne s'appelait pas Lagarde et ensuite parce qu'il ne connaissait du répertoire de Cambronne qu'un seul mot de cinq lettres qui lui vint spontanément aux lèvres, et qu'il prononça muettement. Il gronda :

— Encore vous !

— Encore moi, confirma aimablement Mary.

Devant un tel aplomb, le polymusclé renifla élégamment.

— Je croyais qu'on vous avait dit de ne pas revenir.

Elle lui sourit largement en tenant la commission rogatoire à bout de bras, entre le pouce et l'index.

— Oui, mais, entre-temps, j'ai reçu un papier qui me recommande le contraire.

Furieux, celui-ci fit un geste pour prendre le papier, mais Mary l'avait précédé.

— Pas touche, camarade ! C'est un document officiel !

— J'en ai rien à foutre de ton torche-cul, pétasse ! Il n'y a ici qu'un mec qui me donne des ordres, c'est le patron, monsieur Duquesne. Donne-moi ça !

Comme il se faisait menaçant, Mary porta le sifflet à roulette qu'elle tenait dans sa manche à sa bouche et souffla vigoureusement. La porte s'ouvrit alors brutalement, bousculant le juge, et Fortin apparut, suivi de Gertrude.

— Qu'est-ce qui se passe ?

Elle montra le bodybuildé de la main.

— Il y a que le petit bonhomme là veut faire le zouave.

— Ce nabot ? demanda Fortin en toisant le vigile avec une insistance insultante.

Il posa sa grosse paluche sur l'épaule de l'agent de sécurité et questionna avec une fausse sollicitude :

— Qu'est-ce qui t'arrive, mon petit gars ?

Celui-ci se secoua nerveusement pour se dégager.

— Lâchez-moi ou je…

— Ou tu quoi ? demanda Fortin, en resserrant sa prise.

— Ou je…

Fortin le repoussa avec mépris.

— Pff… c'est un perroquet. Gertrude, fous-lui les pinces et accroche-le au radiateur, qu'il nous fiche la paix.

Mais l'homme de la sécurité n'était pas disposé à se laisser faire. Il se mit en position de combat en jetant à Fortin :

— Dis à ta gonzesse que si elle me touche, je l'explose !

Il n'eut pas le temps de mettre ses menaces à exécution. D'un fauchage aux jambes, Gertrude l'avait étendu sur le parquet et menotté dans le dos. Puis, le prenant par le col de sa veste, elle le traîna jusqu'à un radiateur de fonte.

Après l'avoir attaché sans qu'il puisse esquisser un geste de défense, elle lui tapota gentiment la joue en disant :

— Sage, Toto, sois sage et il ne t'arrivera rien.

Toto, tout déconfit, n'avait pas eu le loisir de montrer sa vaillance à la belle Sarah Breuil. Il baissait la tête, semblant se demander comment il avait pu se faire avoir de la sorte, lui, le vice-champion de Cornouaille au dernier concours départemental de « Monsieur Muscle », collé à terre, et par une bonne femme en plus ! Si ça se savait, son prestige allait en prendre un sacré coup.

Une voix forte tonna du haut de l'escalier :

— Mais… me dira-t-on ce qui se passe ici ? Bertrand, où est Bertrand ?

— Tiens, dit Gertrude, je crois que ton boss t'appelle. Tu t'appelles bien Bertrand ?

Le menotté secoua la tête affirmativement. Elle l'engueula :

— Tu ne pouvais pas le dire, couillon ?

Fortin, interpellé par cet éclat de voix, s'approcha.

— Qu'est-ce qui se passe ?

Gertrude leva un regard navré vers le grand.

— Il se passe que ce couillon me laisse l'appeler Toto, alors qu'il s'appelle Bertrand !

Fortin lui demanda avec une fausse sollicitude :

— Tu t'appelles vraiment Bertrand ?

Le vigile tenta de se lever, mais Gertrude l'avait attaché au tuyau le plus bas, si bien qu'il retomba sur les fesses. Il hocha la tête. Fortin le contempla en silence et lâcha :

— Dommage… Ça t'allait bien, Toto ! Si tu voyais comme tu as l'air con, vautré par terre comme ça !

Le mouvement du vigile avait attiré le regard de monsieur Duquesne qui, toujours du haut de son bel escalier, s'écria :

— Bertrand, que faites-vous là, dans cette position grotesque ?

— Tu vois, lui glissa Fortin, même ton patron trouve que ton attitude manque de dignité.

— Monsieur Bertrand est en pause, dit Gertrude d'une voix assurée.

— En pause ? répéta le directeur en consultant sa Rolex. Mais il n'est pas l'heure !

Il toisa Gertrude.

— Qui êtes-vous, Madame, pour en décider ?

Ce fut Mary qui répondit :

— Vous parlez au lieutenant Gertrude Le Quintrec de la police nationale !

Rendu à mi-escalier, le directeur s'arrêta prudemment, rajusta ses lunettes et reconnut Mary.

— Vous…

— Oui, moi, fit-elle ironiquement. Vous me remettez ? Je suis le commandant Lester.

— Et qu'est-ce que ça peut me faire ? s'exclama le directeur. Ici, c'est moi, le patron ! Je vous avais formellement interdit de remettre les pieds dans ma banque !

— Si vous préférez être interrogé au commissariat, c'est votre affaire. Le capitaine Fortin va vous accompagner.

Quand il vit Fortin s'approcher avec les menottes à la main, le directeur recula prudemment de deux marches.

— Je n'ai rien à faire à votre commissariat !

— Ce n'est pas à vous d'en décider, déclara Fortin d'un ton rogue. Si le commandant me dit de vous mener au commissariat, je vous emmène au commissariat, point barre !

Le directeur s'entêta et assena :

— Je ne bougerai pas d'ici !

Mary se tourna vers le juge qui, s'il n'avait pas prononcé un mot, n'avait pas perdu une miette de la scène. Son regard éloquent disait clairement : « Eh bien, monsieur le juge, que fait-on à présent ? »

Le juge Le Gallou saisit le message au vol, s'avança et articula d'un ton sec :

— Je crois, Monsieur, que vous perdez votre bon sens. Le commandant Lester vous a présenté une commission rogatoire en bonne et due forme qui autorise la police à perquisitionner dans vos locaux.

— Perquisitionner dans nos locaux ! s'indigna Duquesne. Mais…

Le juge ne le laissa pas poursuivre.

— Il n'y a pas de mais qui tienne ! Ce document autorise les forces de police à procéder de gré ou de force !

Toute superbe envolée, le directeur se liquéfia. Il remonta deux nouvelles marches et invita le juge d'une voix faible :

— Dans ce cas, si vous voulez bien me suivre…

Le Gallou interrogea Mary du regard et celle-ci hocha la tête affirmativement en s'engageant dans l'escalier sur les pas du directeur, qui s'effaça pour laisser passer le juge et la policière.

Puis il referma la porte silencieusement et, d'un geste, indiqua deux sièges placés devant son bureau tandis qu'il se laissait tomber lourdement dans son fauteuil directorial.

Un silence embarrassant s'installa, que Mary prit l'initiative de rompre :

— Monsieur Duquesne, je crois que nous avons entamé notre affaire sur de mauvaises bases.

Le directeur la regardait par en dessous d'un air rancunier.

— Je suis venue toute seule pour vous demander quelques explications et vous n'avez pas voulu me recevoir.

Le directeur balbutia faiblement :

— Vous n'aviez pas de rendez-vous.

— Non, mais j'avais une carte de police que je vous ai présentée. Je vous ai dit textuellement ceci : « Peut-être devriez-vous m'entendre avant de m'expulser ? » Vous n'avez pas cru bon de tenir compte de ma recommandation et voilà où ça nous mène.

Elle fixa le directeur qui se liquéfiait de plus en plus.

— Vous m'avez fait jeter à la porte sans ménagements par votre agent de sécurité après avoir dit à votre chargée de l'accueil : « Il y a une demi-folle qui s'est introduite dans mon bureau. Envoyez-moi la sécurité tout de suite. »

— Je… je m'excuse, bredouilla de nouveau le directeur.

— On ne s'excuse pas soi-même, Monsieur, on présente ses excuses et elles sont acceptées ou refusées.

Le directeur répondit d'une voix mourante :

— Je vous présente mes excuses…

Elle ne le lâcha pas pour autant :

— Je vous présente mes excuses, commandant ! Car, voyez-vous, je ne suis pas une plaignante lambda qui s'est fait arracher son sac, je vous rappelle que je suis un officier supérieur dans la police nationale qui enquête sur un crime…

Vaincu, Duquesne répéta faiblement :

— Je vous présente mes excuses, commandant !

— À la bonne heure, voilà qui est mieux ! dit-elle, satisfaite. Je veux bien accepter des excuses formulées spontanément de si bonne grâce.

Il lui adressa par en dessous un regard plein d'hostilité. Si ça n'était pas du foutage de gueule… Cependant, il jugea prudent de faire profil bas. Elle ajouta :

— Convenez que vous avez adopté une attitude de coupable !

Duquesne ne convint de rien du tout. Il affirma avec force :

— Je ne suis coupable de rien, je n'ai rien à cacher !

— Alors, à quoi rime cette attitude ?

— Mais je n'ai rien à cacher, redit-il avec l'énergie du désespoir, et je me plaindrai de ce qui m'est infligé…

— C'est tout à fait votre droit, reconnut Mary. Vous pourrez passer au commissariat déposer votre plainte.

— À votre commissariat ? Je m'en garderai bien ! Maître Pelaud, mon avocat, s'en chargera.

— Très bien, dit Mary, pas impressionnée par cette menace. Cela étant établi, comme nous y autorise ce document, nous allons maintenant procéder à la visite de votre établissement. Vous occupez tout l'immeuble ?

Le directeur souffla :

— Oui…

Mary eut un mouvement de tête et laissa tomber laconiquement :

— Je vous suis…

Chapitre 18

Elle tint à commencer par la cave. Le directeur dut avoir recours à l'agent d'entretien pour y accéder, un bonhomme un peu tordu, à la mine chafouine et à la bouche pincée, qui répondait au doux nom de Ronan Lavanant. Ils durent passer par l'accueil où les choses semblaient s'être figées : Sarah Breuil, la mine défaite, les mains jointes sous son menton, se tenait aussi immobile qu'une statue de marbre derrière son bureau. Seuls ses yeux couraient de Gertrude à Fortin, avec par moments un détour vers le malheureux agent de sécurité, toujours menotté au radiateur, et qui, au prix de mille contorsions, avait réussi à s'asseoir sur le parquet.

Mary fit signe à Gertrude.

— Lieutenant, vous pouvez libérer monsieur Bertrand.

Gertrude se pencha sur l'agent de sécurité et ôta les bracelets d'acier qui emprisonnaient ses poignets. Sans mot dire, celui-ci se releva en se massant les parties endolories par les pinces et jeta un regard meurtrier à la grande rousse qui lui lança :

— Y a pas de quoi !

Elle avait dit ça assez fort pour que tout le monde l'entende.

— Pardon ? fit le directeur. Que dites-vous ?

— Oh, rien, fit Gertrude, je croyais que ce monsieur m'avait dit merci, alors je répondais : « Il n'y a pas de quoi… »

Le directeur posa un regard incrédule sur son agent de sécurité.

— Vous avez dit « merci », Bertrand ?

Celui-ci marmonna, plein de rancœur :

— Ça me ferait bien ch…

Gertrude fut peinée.

— Je m'étais trompée, il n'est vraiment pas poli.

— C'est pas pour ça qu'on me paye ! grommela de nouveau le vigile.

Gertrude sourit largement.

— Non, c'est pour prévenir les intrusions intempestives dans cet établissement. Vous venez de faire publiquement la preuve de votre incommensurable inefficacité !

— Ta gueule ! gronda de nouveau Bertrand.

— Ça ne s'arrange pas, constata Gertrude sans s'émouvoir, c'est qu'il est rancunier, ce petit bonhomme !

Le vigile promit d'une voix sourde :

— On se retrouvera !

— Quand tu voudras, mon gros lapin, dit Gertrude sur le même ton en se frottant les mains. Où tu voudras, quand tu voudras. Ça me fera bien plaisir.

*

L'agent d'entretien paraissait impressionné par tout ce beau monde. Mary lui demanda :

— Vous êtes bien monsieur Lavanant ?

— Oui, Madame, Ronan Lavanant.

— Vous êtes donc agent d'entretien…

— C'est ça, Madame.

— Ça consiste en quoi ?

— Ben…

Il hésita, regarda son patron comme s'il avait peur de commettre un impair. Ne voyant aucun secours se profiler de ce côté, il finit par laisser tomber :

— Ben… ben… à entretenir, quoi !

Me voilà fixée ! pensa Mary en retenant un sourire. *Je ne suis pas tombée sur le premier de la classe !*

— Vous travaillez ici depuis longtemps ?

Nouvel embarras.

— Ben, ben… Ça va faire dix ans.

— Ouf, souffla-t-elle, il sait compter jusqu'à dix ! C'est bien le moins quand on travaille dans une banque.

L'escalier qui menait à la cave était moins reluisant que celui du hall d'accueil. D'épaisses planches de sapin grossièrement rabotées plongeaient dans un trou noir aussi attirant qu'un puits de mine.

Lavanant actionna un commutateur et aussitôt une ampoule de cinquante watts éclaira la descente d'une lueur jaunâtre. Le sol de la cave était cimenté, et des rampes de néons placés entre les poutres projetaient une lumière crue sur les étagères de bois qui garnissaient les murs. Mary constata qu'elles étaient vides.

— À quoi étaient destinées ces installations ? demanda-t-elle.

— On y stockait nos archives, expliqua le directeur, mais, lors de la grande inondation, il y a eu dix centimètres d'eau dans cette cave.

— Vous avez subi des dommages ?

— Non, mais ce fut tout juste. Dès lors, nous avons décidé de mettre ces archives en sécurité dans un local extérieur.

— Et il n'y a donc plus rien ici ?

— Si, les chaudières à gaz qui ne risquent rien, car elles sont placées en hauteur, et de vieux emballages que Lavanant stocke là avant de les évacuer à la déchetterie.

Les vieux cartons en question s'entassaient au fond du local, ce qui intrigua Mary, qui se dit que s'ils étaient en attente d'évacuation, il aurait été plus logique de les laisser au plus près de l'escalier. Elle en fit la remarque à l'agent d'entretien qui bredouilla une réponse inaudible.

Alors, elle s'approcha de l'amoncellement de vieilles palettes et de cartons et elle constata que, derrière ce tas qui formait une sorte de muraille, il y avait un espace assez important pour abriter un canapé de type clic-clac, une table, deux chaises et… un vélo de femme noir, de marque Gitane.

Mary se tourna vers le sieur Lavanant qui semblait dans ses petits souliers.

— C'est à vous, ce vélo ?

Lavanant secoua vigoureusement la tête.

— Non !

Le directeur tombait des nues. Il demanda sévèrement :

— Qu'est-ce que ça veut dire, Lavanant ?

Le désordre avait été savamment agencé pour dissimuler cette jolie petite garçonnière.

— C'est… C'est à cette fille qui remplaçait parfois Sarah à l'accueil. Elle venait souvent à vélo et, un jour qu'elle avait pris l'averse, elle m'a demandé si elle pouvait abriter son vélo dans la cave. Quand elle en avait besoin, elle venait le reprendre.

— Et un jour, elle n'est plus venue, dit Mary.

— Ben oui…

— Et vous n'avez pas prévenu la police ?

— Ben non…

— Pourquoi ?

— J'allais pas déranger la police pour un vieux vélo. J'ai pensé qu'elle n'en voulait plus.

— Ainsi, cette fille avait accès à nos sous-sols ? remarqua Duquesne, furieux. Il faudra que vous m'expliquiez ça, Lavanant !

Mary s'interposa.

— Si vous le permettez, monsieur le directeur, au préalable, il faudra qu'il me l'explique à moi ! En attendant, à partir de ce moment, cette cave est sous scellés. La police scientifique va venir faire les constatations et les prélèvements qui s'imposent.

Elle ordonna à Fortin :

— Vous voudrez bien les prévenir, capitaine. Demandez au lieutenant Le Quintrec de ramener monsieur Lavanant au commissariat et de commencer à prendre sa déposition.

La tête basse, Lavanant précéda son patron que suivaient Mary, Fortin et le juge Le Gallou qui n'avait pas pipé mot, mais qui était ravi de son excursion incognito.

Chapitre 19

Il y en avait un autre qui ne paraissait pas ravi de l'évolution des événements, c'était le commissaire divisionnaire Lucien Fabien.

Sitôt que Mary fut rentrée au commissariat, le brigadier Boutier, chef de poste, qui l'attendait, lui avait chuchoté, la bouche de travers :

— Commandant, le commissaire a demandé après vous…

Puis il avait secoué sa grosse main pour lui indiquer que le temps était à l'orage. Elle l'avait remercié d'un clin d'œil et avait monté l'escalier quatre à quatre sous le regard consterné du vieux flic qui ne voyait pas l'intérêt qu'il y avait à se presser tant pour se faire engueuler. Car, tout commandant qu'elle était, Mary Lester allait se prendre une soufflante de grande ampleur, Boutier, vieux flic proche de la quille, aurait parié la moitié de sa paye là-dessus ! Le vieux flicard avait de la bouteille et, aussi sûrement qu'un baromètre annonce la tempête, toute l'attitude du commissaire annonçait une gueulante.

Il aurait eu tort, le père Boutier, car cette perspective ne semblait pas de nature à troubler le commandant Lester ; deux coups fermement assenés à la porte vernie déclenchèrent une réponse sèche, impérieuse :

— Entrez !

Pas de doute, de toute évidence, le patron était remonté. Elle entra dans la cage avec la circonspection que Blandine avait dû manifester lorsque les sbires de Marc-Aurèle l'avaient livrée aux lions.

Le dompteur, en l'occurrence le commissaire Fabien, était campé dans son fauteuil, les deux poings posés sur le sous-main de buvard vert que la femme de ménage changeait chaque matin, l'œil flamboyant. Faisant mine de ne pas s'apercevoir de la tension qui électrisait ce bureau, Mary demanda d'une voix innocente :

— Vous m'avez demandée, patron ?

Elle vit le commissaire prendre une profonde inspiration, retenir son souffle et expirer lentement en demandant d'une voix qu'il s'efforçait de maîtriser :

— Qu'est-ce que vous avez encore foutu, Mary Lester ?

Ça partait fort. « Pépère a les boules », aurait dit Fortin. Mary ne s'en formalisa pas, car elle savait comment se comporter en pareil cas ; elle ouvrit de grands yeux candides.

— Ce que j'ai foutu ? Mais rien d'autre que mon métier, patron…

— Votre métier…

La voix vibrait d'une colère contenue.

— Votre métier vous commandait-il d'aller foutre le bordel dans une banque d'affaires, de malmener le personnel, de menacer le directeur ?

Brr… Là, ça commençait à monter dans les tours. Elle constata calmement :

— Hum ! Je vois que vous n'avez qu'une seule version de cette affaire. De qui la tenez-vous ?

— De monsieur Leperre… Savez-vous qui est monsieur Leperre ?

— J'en ai entendu parler, et pas en bien, je crois, à la télévision.

Fabien rugit :

— Pas en bien ? C'est le ministre des Finances !

Faussement naïve, elle demanda :

— De la France ?

— Évidemment de la France, pas du Brésil ou de la Norvège !

— Ah, vous m'en direz tant !

— Qu'est-ce que vous dites de ça ?

— Moi, rien, mais un vieux proverbe dit que qui n'entend qu'une cloche n'entend qu'un son.

Comme s'il n'en croyait pas ses oreilles, Fabien demanda trop doucement :

— Pardon ?

Elle répondit sur le même ton :

— Vous n'avez eu que la version de l'accusation. Vous plairait-il d'entendre celle de la défense ?

Fabien essaya d'ironiser :

— La vôtre, autrement dit.

— Exactement, puisque c'est moi qui suis mise en cause ! De vous à moi, je ne vois pas ce que le gardien de la dette vient faire dans cette histoire.

— Oh, mais il n'est pas venu en personne ! clama le patron. Il nous a envoyé maître Pelaud.

— Ah, n'est-ce pas l'avocat de monsieur Duquesne ?

— Je vois que vous le connaissez, dit Fabien, sarcastique.

Elle répondit avec désinvolture :

— Effectivement, Duquesne a prononcé ce nom quand il nous a menacés.

Fabien secoua de nouveau la tête et monologua en fermant les yeux :

— Comme elle dit ça…

Puis, se reprenant, il jeta, furieux :

— Savez-vous qui est ce maître Pelaud ?

— Ben, fit-elle, un avocat, vous l'avez dit. Ce n'est pas ça qui manque dans notre beau pays, je suppose.

Fabien se leva et fit trois pas en agitant ses bras.

— Elle suppose, elle suppose !

Il se planta devant elle et articula :

— C'est un des avocats du ministère des Finances !

Mary joua l'étonnement :

— Il a donc besoin d'une brochette d'avocats ?

— Oui, commandant, et maître Pelaud n'est pas le premier venu !

Elle leva légèrement les épaules.

— Ça ne me surprend pas. Ministre, c'est un métier à risque et ces messieurs des ministères ne sauraient se contenter, comme les petits voleurs, d'un bavard commis d'office ! Il leur faut du gros calibre, du maître du barreau.

Mary eut l'impression que les yeux du commissaire allaient sortir de leurs orbites.

— Pardon ?

— Je dis que quand on est responsable comme ce monsieur d'un pays riche de trois mille milliards de dettes, il vaut mieux avoir de bons conseils pour écraser le coup quand vient le temps d'expliquer où est passé ce pognon.

Fabien hoqueta :

— Quoi ?

— Vous n'êtes pas sans savoir que le populo se demande où passe le pognon de ses impôts!

À court d'arguments et de souffle, Fabien bredouilla:

— Ses impôts? Ses impôts...

Elle remarqua d'un ton léger:

— Enfin, je n'appartiens pas à la brigade financière, laissons ces questions aux spécialistes. Vous m'avez juste chargée de me pencher sur la disparition d'Aude Larmenciel.

— Exact! confirma Fabien. Et où en êtes-vous?

— Dans le sous-sol de la Financière celtique.

— Et c'est là que vous espérez trouver la trace d'Aude Larmenciel?

— Là ou ailleurs, je n'ai pas de préférences et je ne choisis pas le lieu où l'enquête m'entraîne. Je suis une piste qui m'a menée à la Financière celtique. Qu'y puis-je?

Les yeux du commissaire firent rapidement le tour de la pièce pour s'assurer qu'il n'y avait pas d'oreille indiscrète ou de caméra dissimulée quelque part. Ils étaient bien seuls dans ce bureau. À demi rassuré, il chuchota nerveusement:

— Allez-vous vous taire?

Impavide, les bras croisés, bien calée sur le dossier de son siège, les yeux dans le vide, Mary attendait d'un front serein la fin de la semonce. Elle ne tarda pas:

— Vous rendez-vous bien compte de ce que vous venez de dire?

Elle acquiesça.

Le commissaire parut désorienté.

— Eh bien quoi, vous avez perdu votre langue?

Elle se décida enfin à parler:

— Il faudrait savoir, patron, un jour, vous me branchez sur une affaire pourrie…

— Pourrie ?

— Je dis bien « pourrie », mais si le mot vous choque, je reformule : vous me branchez sur une affaire où les gendarmes et même les limiers du SRPJ de Rennes se sont cassé les dents.

Le commissaire, les yeux toujours encolérés, l'écoutait avec attention.

— Je trouve un embryon de piste…

— Dans une banque… répondit-il nerveusement.

La moutarde commençait à monter au nez de Mary Lester, qui répliqua sèchement :

— Vous l'avez déjà dit. Parfaitement, dans une banque ! Vous auriez peut-être préféré que ce soit dans une épicerie, un bistrot louche ou un sex-shop, mais je n'y peux rien, c'est dans une banque ! Enfin, dans le sous-sol d'une banque… D'ordinaire, que trouve-t-on dans les sous-sols d'une banque ? Des sous, évidemment, mais bien enfermés derrière les blindages d'une salle des coffres, n'est-ce pas ?

Fabien, méfiant, la regardait, se demandant où elle voulait en venir. Il en convint du bout des dents :

— Ben, oui…

— Et, là, vous savez ce qu'on a trouvé ?

— Je suppose que vous allez me le dire, fit-il d'un air pincé.

— Un vélo, patron, une vieille bécane de grand-mère avec un guidon à la papa.

— Et alors ?

— Vous ne vous demandez pas à qui appartenait ce vélo ?

— Si, je vous le demande.

— À Aude Larmenciel !

— La…

— La fille de madame Larmenciel, justement.

Fabien voulut faire preuve d'autorité.

— Ce n'est pas son vélo qu'on vous demande de retrouver, c'est celui ou celle qui a fait un mauvais sort à cette pauvre gamine.

Elle sentit qu'il était temps qu'elle reprenne la main.

— Parbleu, je le sais bien, et je m'y attache! Cependant, ce n'est pas facile. Pour un oui ou pour un non, vous montez sur vos grands chevaux, vous me traitez comme une bonniche indélicate et, quand je veux me défendre, vous m'ordonnez de me taire. Comme toujours, j'obtempère…

— Humpf! s'exclama le commissaire. Comme toujours…

Elle répéta, sûre de son fait:

— Parfaitement, comme toujours! Je commence à vous expliquer où j'en suis et, là, vous m'ordonnez de me taire. Alors, je me tais et, trois minutes plus tard, vous vous en étonnez. Permettez que je m'étonne à mon tour de votre étonnement.

Une fois encore, le commissaire eut la fâcheuse impression que le sol se dérobait sous ses pas. L'affaire commençait à lui échapper: cette diablesse avait encore réussi à retourner la situation à son avantage.

Dans un sursaut d'énergie, il argumenta à son tour:

— De là à forcer la porte d'une banque, à brutaliser le personnel…

— Tss! dit-elle, agacée. On dirait que vous faites la narration d'un hold-up!

Puis, elle se mit à rire.

— C'est donc ainsi qu'il veut la jouer, ce directeur de mes…

Elle ne termina pas sa phrase, ne voulant pas, en plus, employer une formule qui aurait déplu à « vieille France ». Deux Fortineries de rang, c'était trop.

— Vous savez ce que je vais faire, patron ?

— Je crains le pire.

— Je vais immédiatement me rendre aux urgences.

— Vous êtes malade ? aboya le commissaire.

— Non, blessée. Mon coude…

Sans dire un mot de plus, elle ôta sa veste et retroussa la manche de son pull-over. Au niveau du coude, la peau était marbrée de traces rougeâtres qui commençaient à virer au bleu.

Les yeux du patron s'écarquillèrent.

— Comment vous êtes-vous fait ça ?

— Il serait mieux que vous demandiez « qui vous a fait ça ? »

— Alors, qui vous a fait ça ?

Elle fit mine de mouvoir son bras, ce qui lui arracha un gémissement de douleur.

— Je pense que le toubib ne manquera pas de me délivrer un arrêt de travail…

— À quel motif ? aboya le commissaire.

— Accident du travail !

Il répéta, éberlué :

— Accident du travail ? Quel accident du travail ?

— Au cours d'une enquête ordonnée par mon patron, le commissaire divisionnaire Lucien Fabien, j'ai été amenée à interroger la direction d'un établissement bancaire, la Financière celtique. Son directeur, monsieur Georges Duquesne, a refusé de me recevoir et a ordonné à son agent de sécurité, un certain monsieur Bertrand, de m'expulser et de m'interdire l'entrée de cet établissement. Obéissant à son patron, le sieur Bertrand m'a violemment éconduite en m'empoignant brutalement par le coude gauche qui a été lésé.

Fabien l'écoutait, ahuri.

— Votre coude a été lésé ?

— C'est rien de le dire !

Elle ouvrit le bras en grimaçant.

— Oh, là, là, que ça fait mal ! J'ai sûrement une entorse.

— Une entorse au coude ? répéta Fabien, éberlué. Je n'ai jamais entendu parler d'une entorse à cet endroit.

Mary affecta une mine sombre.

— C'est d'autant plus douloureux que ce n'est pas fréquent, geignit-elle. Je vais sûrement être arrêtée pour une semaine ou deux.

Le patron explosa :

— Cessez donc de faire l'andouille, Lester !

Elle prit un air offusqué.

— Mais je ne rigole pas, patron, c'est douloureux !

Décontenancé, le commissaire bredouilla :

— Mais… et votre enquête ?

De son bras valide, elle envoya balader son enquête par-dessus les moulins.

— Je ne suis pas le seul flic du commissariat. Vous pourrez toujours y coller Lecoq, qui ne déparera pas dans l'environnement feutré de la Financière celtique. Ce n'est pas lui qui risquera de vous mettre en délicatesse avec le banquier.

— Et vous ?

— Moi ? À moins qu'on m'hospitalise, je serai en arrêt de travail à mon domicile comme c'est prévu, patron.

Le commissaire s'obligea à ironiser d'un rire grinçant qui sonnait faux.

— Vous allez vous ennuyer !

— N'en croyez rien ! Avec ce que j'ai déjà recueilli, j'ai plus d'éléments qu'il n'en faut pour un article qui intéressera fortement la gent journalistique.

— Votre coude douloureux ne vous empêchera donc pas d'écrire ?

— Que si, mais cette chère Amandine me remplacera sûrement avec plaisir.

Le patron grinça :

— Réponse à tout, hein ?

— Faut bien vivre, patron. Je vais incessamment contacter *Paris Flash*.

La menace cueillit Fabien comme un crochet au foie.

— *Paris Flash* ? Comment ça ? Vous n'allez pas recommencer !

— Et qui m'en empêchera ? Vous ?

Fabien, pétrifié, ne répondit pas. Elle poursuivit :

— Votre banquier ? Votre ministre de la dette ? Ça nous promet une séquence bien intéressante, Monsieur. J'intitulerai ça *Juge contre juge*. Je suis sûre que ça va passionner les foules.

Fabien haussa les épaules.

— *Juge contre juge*, quel titre ridicule !

— Un titre n'est jamais ridicule quand il fait vendre. Peut-être même qu'on en fera un film...

Fabien était anéanti. Il parvint à jeter faiblement :

— Vous êtes impossible !

Elle se leva.

— Où allez-vous ? demanda Fabien.

— Je vous l'ai dit, aux urgences chercher mon arrêt de travail.

— Vous ne voulez pas réfléchir ?

— Réfléchir à quoi ? Je suppose que le petit vigile qui a à se plaindre des brutalités policières est déjà en possession de son arrêt de travail. S'il poursuit dans cette voie, il ne manquera pas de le produire devant le magistrat. J'en ferai autant de mon côté et, ainsi, nous serons à armes égales.

— Mais… mais… bêla le patron, qu'est-ce que je dis à ce maître Pelaud ?

— Dites-lui donc ce qui vous plaira, en particulier que vous m'avez confié cette mission en responsabilité, que j'en assume donc toutes les conséquences, et que je me tiens à sa disposition pour tous renseignements complémentaires. Ça sera tout, patron ?

Fabien soupira :

— Oui !

— Dès que j'aurai obtenu mon certificat médical, je rentrerai chez moi où on pourra me trouver.

Chapitre 20

Mary rentra chez elle, venelle du Pain-Cuit, où l'attendait Amandine, qui avait œuvré en cuisine. Une marmite de fonte laissait échapper une vapeur alléchante.

— Je vous ai fait une soupe au chou, poireaux, pommes de terre, annonça Amandine.

— Avec un morceau de lard ? demanda Mary.

— Évidemment ! Et du fromage râpé. Ça sera prêt dans une demi-heure.

— Très bien, j'ai un coup de fil à donner.

— Vous invitez monsieur Yann ?

— Tiens, c'est une idée. Je l'appelle tout de suite.

Yann Charpentier, son tendre ami, accepta avec enthousiasme. Mary demanda à Amandine :

— Il y en a assez pour deux au moins ?

— Largement !

— Quand il y en a pour deux, il y en a pour trois. C'est dit, vous dînez avec nous !

La vieille demoiselle se fit prier comme d'habitude, avant de se rendre. Elle était si heureuse de partager ce repas avec ses protégés ! Puis Mary forma un autre numéro.

— Allô, Isabelle Chenu ?

Elle entendit la voix un peu rauque de l'infirmière des urgences.

— Elle-même ! Qui la demande ?

— Votre flic préféré, ma chère Isabelle !

— Tiens, la poulette ! Il y avait longtemps. Qu'est-ce qu'on a cassé cette fois ?

— Mon coude…

Il y eut un silence, puis l'infirmière répéta :

— Ton coude ? Qu'est-ce qu'il a, ton coude ?

— Une sorte d'entorse…

— Une entorse au coude ? Tu innoves, ma grande. Tu es tombée ?

— Ouais, sur un casse-coude !

Elle entendit l'infirmière pouffer.

— Tu as eu chaud ! Il faut que tu passes par les urgences.

Puisqu'on adoptait le tutoiement, Mary s'y conforma.

— Tu y es ?

— Oui. C'est urgent ?

— Évidemment, puisque je vais aux urgences.

— Tss ! s'exclama l'infirmière. Toujours le mot pour rire, hein ?

Mary dit vertueusement :

— On ne rit pas quand on doit aller à l'antichambre de la morgue.

— Tu as raison.

Mary dit d'une voix plus basse :

— C'est particulier. On peut en parler ?

— Si tu veux. Alors, viens tout de suite, je débauche dans une demi-heure.

— J'accours !

Fortin, sollicité, vint la cueillir à sa porte et, dix minutes plus tard, elle retrouvait l'infirmière qui n'avait pas encore quitté sa blouse.

— Eh bien, ma poulette, qu'est-ce qui t'arrive ?

Mary tendit l'index vers son coude en grimaçant.

— Entre, et fais-moi voir ça ! Tiens, il y a du thé. Tu veux une tasse ?

— Je veux bien, accepta Mary en enlevant son blouson de cuir.

Elle retroussa sa manche et Isabelle se pencha pour examiner les meurtrissures. Puis elle lui saisit le poignet et fit précautionneusement jouer l'articulation.

— Tu as mal ?

— Oui. Ça remonte jusqu'à l'épaule.

— Jusqu'à l'épaule, répéta l'infirmière, tudieu, j'espère qu'il ne va pas falloir t'amputer !

Mary se mit à rire.

— Laisse tomber, je vais te raconter l'affaire.

En buvant son thé, elle expliqua à Isabelle dans quelle embuscade elle était tombée et comment elle s'était fait jeter à la porte de la banque avec perte et fracas, puis comment elle était revenue bien accompagnée.

— Donc, ce matin, toute fière de moi, je suis allée au commissariat pour rendre compte au patron. Et là, ma vieille, je suis tombée de l'armoire : je me suis fait engueuler comme du poisson pourri.

— Ah bon, il n'était pas content, ton singe ?

— C'est rien de le dire. Figure-toi que ce connard de banquier porte plainte contre la police pour abus de pouvoir, voies de fait, je t'en passe et des meilleures. La plainte est portée par un certain maître

Pelaud, une pointure du barreau de Paris, avocat du ministère des Finances.

— Je vois, dit Isabelle, donc le commandant Lester allume un contre-feu.

Elle cligna de l'œil vers Mary.

— De toi à moi, ton bras ne se porte pas plus mal que le mien.

— Ben mince… Et le préjudice esthétique ? Il me faudrait un certificat médical attestant que j'ai été molestée.

— Sûrement pas. Ce qu'il te faut, c'est un arrêt de travail de huit jours. Écoute, je vais trouver le docteur Ben Saïd. Viens avec moi, je me charge du reste.

Isabelle fit passer Mary par l'entrée du personnel. Mary se défit de son blouson et Isabelle enveloppa son bras dans une imposante attelle qui immobilisait le coude blessé. Puis elle intercepta le docteur Ben Saïd qui galopait dans un couloir. Il eut un geste d'impatience, car le service était très sollicité, mais accorda cependant quelques instants de son précieux temps à Isabelle. Celle-ci lui expliqua que Mary avait le coude lésé à la suite d'une chute, mais qu'il n'y avait rien de cassé.

Le toubib approuva les dispositions qu'elle avait prises et, après un vague coup d'œil sur le coude blessé, signa un arrêt de travail de huit jours, « renouvelable au besoin », et s'en retourna à ses urgences.

Mary sortit de l'hôpital affublée de l'encombrante attelle et Fortin la ramena à la venelle du Pain-Cuit où elle se débarrassa bien vite de l'encombrant appareil.

*

Le lendemain matin, elle voulut appeler le juge Le Gallou pour savoir comment il avait trouvé sa petite sortie de la veille à la Financière celtique. À sa grande surprise, ce fut une voix qu'elle eût reconnue entre mille, celle de la juge Laurier.

— Madame la juge ! s'exclama-t-elle avec un enjouement parfaitement feint. Quelle surprise...

— Bonne, j'espère, dit la voix aigre.

— Comment pouvez-vous en douter ?

Elle entendit « Hum, hum » dans l'appareil. Madame la juge n'était pas dupe de la bonne foi du commandant Lester.

— Madame Guyon m'avait annoncé que vous étiez arrêtée pour ennuis de santé.

— Oui, eh bien, je ne le suis plus !

Zut, j'ai joué de la baguette trop tôt ! se dit Mary.

Elle s'exclama, parfaitement hypocrite :

— Eh bien, je m'en réjouis ! Ce n'était donc pas trop grave ?

— Bien assez ! répliqua la juge sèchement. Ne me dites pas que je vous ai manqué. Il semble que vous ayez apprécié mon remplaçant.

— Monsieur Le Gallou est un homme très sympathique, dit-elle diplomatiquement.

— Ouais...

Ça ne semblait pas être l'avis de madame Laurier qui remarqua :

— Dites-moi, vous n'êtes pas encore au commissariat à cette heure ? Seriez-vous malade vous aussi ?

Mary rassura la magistrate :

— Non, juste un petit accident du travail.

Une voix grinçante lui répondit :

— Vous vous êtes tiré une balle dans le pied ?

Le taboulé sous plastique ne vous réussit pas, Madame, se dit Mary intérieurement en évoquant les repas que la juge prenait à son bureau pour gagner du temps. *Elle est toujours aussi aigrie!* Elle retint la riposte fulgurante qui lui était montée aux lèvres. Comme elle aurait aimé la lui coller en pleine poire! Mais les choses qui peuvent se dire dans les corps de garde et dans les commissariats n'ont pas cours dans le temple de Thémis.

Elle adopta une voix geignarde qui dut dérouter la mère Laurier:

— Pas tout à fait, mais c'est tout de même bien douloureux!

— Pas au point de vous empêcher de venir jusqu'à mon bureau, j'espère!

Mary ne releva pas l'intention sarcastique.

— Je ne pense pas, madame la juge.

— Alors, soyez là dès que possible. Il est neuf heures, je vous attends à neuf heures trente.

Clic! Elle avait raccroché.

Chapitre 21

— Quelle peste ! grommela Mary. Elle ne se demande même pas si j'ai autre chose à foutre que de me rendre dans son bureau de m…

Elle se morigéna immédiatement, la colère est mauvaise conseillère et pousse aux excès. Même verbaux, mieux vaut les éviter. Reprenant son sang-froid, elle appela immédiatement Fortin.

— Ho, le grand…

Fortin, subitement alarmé, s'exclama :

— Putaing, c'est toi, Mary ? Qu'est-ce que tu fous ? Le patron te cherche partout !

— Tu vois, je te téléphone.

— C'est malin ! dit-il. Comment veux-tu que je te voie au téléphone ?

Voilà qu'il finassait à présent ! L'influence de… Mary Lester certainement. Elle sourit et reprit en langage Fortin :

— Un pour toi, le grand, je t'expliquerai. Passe me prendre à la venelle.

— En voiture ?

— Évidemment, pas à vélo !

Il y eut un silence, puis il demanda :

— Maintenant ?

— Évidemment maintenant ! Tu devrais déjà être parti.

— Holà ! Il y a le feu ?

— Pire que ça !

— Pire que ça ? Ça existe donc ?

— Ouais, la mère Laurier !

— Oh, putaing ! J'arrive.

Elle forma ensuite le numéro du patron qui l'apostropha aussitôt :

— Ah, c'est vous ? C'est pas trop tôt !

Un vrai cri du cœur ! Elle risqua :

— Vous m'avez demandée, paraît-il ?

— Ouais, et pas qu'une fois ! Vous n'avez donc pas de portable ?

— Si, mais…

— Mais quoi ?

— Il y a des endroits où ils sont tricards.

— Où ça ?

— Dans les hôpitaux, vous devriez le savoir.

— Je le sais ! Mais ce que je ne sais pas, c'est ce que vous fichiez à l'hôpital.

— Ce qu'on y fait d'habitude, je recevais des soins.

— Que vous est-il arrivé ?

— Je vous l'ai dit, mon coude…

— Quoi, votre coude ?

Il dut soudain prendre conscience puisqu'il s'exclama :

— Ah oui, c'est vrai, votre coude… Ça va ?

— Ça ira, fit-elle d'un ton dolent, dans quelques jours, ça ira. Mais que se passe-t-il pour que vous soyez agité de la sorte ?

— La juge Laurier vous réclame à cor et à cri.

Rien que ça, pensa Mary, *c'est trop d'honneur!*

— Je sais, dit-elle. Je viens de l'avoir au téléphone et Fortin doit passer me chercher pour m'y conduire.

— Vous conduire? D'habitude, vous y allez à pied.

— D'habitude, je n'ai pas le coude démantibulé!

Le patron ironisa:

— Ah, votre fameuse entorse! Vous marchez sur le coude, à présent?

Elle répondit d'une voix contrite:

— C'est pas bien de se moquer des handicapés, patron!

— Allons, Mary, ne me faites pas rire! Votre bobo...

— Figurez-vous que mon bobo, comme vous dites, s'est considérablement aggravé!

— Aggravé?

— Oui, tant que c'était chaud ça allait, mais maintenant, ça s'est ankylosé et c'est très, très douloureux.

Le patron ne put s'empêcher d'ironiser:

— Très, très douloureux?

— Parfaitement!

— Vous me raconterez ça tout à l'heure, je vais profiter de la voiture de Fortin.

Il avait coupé la communication. Elle replaça son attelle et sortit de la venelle. Gyrophare tournant, une voiture de police remontait la rue du Chapeau-Rouge, au grand dam des flâneurs qui s'étaient attribué l'entier usage de la chaussée et qui ne le cédaient qu'à regret. Le commissaire Fabien était assis près de Fortin sur le siège passager, si bien que Mary dut se glisser à l'arrière et, avec son bras raide, ce n'était pas commode.

Le commissaire s'étonna:

— Qu'est-ce que c'est que cet appareil ?

— Ça s'appelle une attelle. Vous me demandiez ce que je fichais à l'hôpital, eh bien, je me faisais soigner. On m'a posé ça aux urgences pour protéger mon coude.

Fabien admira :

— Ben, dites donc, ils ne font pas les choses à moitié, aux urgences !

— Non, dit Mary, c'est surtout très gênant pour dormir. Enfin, je devais passer au commissariat pour déposer mon arrêt de travail…

Le commissaire lui jeta un regard sombre.

— Un arrêt de travail ? Qu'est-ce que ça veut dire ?

— Ça veut dire que je ne devrais pas reparaître au bureau avant huit jours.

— Huit jours ? rugit Fabien.

— Au minimum, dit Mary. Le médecin a bien précisé : « Huit jours, renouvelable si besoin. »

La voiture s'était arrêtée devant le palais de justice. Les places étaient rares et Fortin les déposa en annonçant qu'il allait se garer.

Mary et le commissaire gravirent les marches de granit et empruntèrent le couloir qui menait au bureau de la juge. Madame Guyon les guettait. Mary la tira à l'écart et souffla :

— Alors, la voilà revenue ?

— M'en parlez pas ! souffla la petite greffière d'un air déconfit.

— Et monsieur Le Gallou ? demanda Mary.

— Il est dans le bureau à côté…

Si la pauvre créature pensait avoir brisé ses chaînes, la récréation n'avait pas duré. *Et tout ça, c'est de ma faute*, se dit Mary Lester. *Si je n'avais pas donné un tour de baguette sur son crâne de vieille chouette, madame Guyon aurait bénéficié d'un peu plus de répit.* Las, les regrets viennent toujours trop tard.

Mary lui serra la main. L'information valait son pesant d'or.

— Merci!

La greffière s'empressa d'ouvrir la porte pour faire entrer. Voyant que le commissaire Fabien accompagnait Mary Lester, la juge Laurier parut jaillir de son siège.

— Monsieur le commissaire! fit-elle d'une voix sucrée.

Le commissaire qui avait ôté son chapeau en entrant s'inclina, toujours très « vieille France ».

— Madame la juge…

Puis le regard de la juge se posa sur Mary qui se tenait en retrait.

— Mais… que vous est-il arrivé, commandant?

— Je vous l'ai dit, un accident du travail…

— Une chute?

Mary secoua la tête.

— Non, voies de fait!

La juge sursauta.

— Vous vous êtes battue?

Ça sentait déjà l'accusation.

— Non, Madame, dit Mary d'une voix calme. J'ai été molestée, ce n'est pas pareil.

— Molestée… répéta la juge. Qu'entendez-vous par là?

— Rien d'autre que ce qu'implique ce mot: j'ai été malmenée et brutalisée au cours d'une opération de police. Molestée est donc le mot qui convient.

La juge se laissa retomber dans son siège.

— Par qui ?

— Par l'agent de sécurité de la banque LFC, un certain Bertrand Lamandé qui a agi sur ordre de son patron, monsieur Georges Duquesne.

— Le directeur de la banque ?

— En personne !

La juge remarqua :

— C'est là une accusation très grave. Vous êtes sûre de ce que vous affirmez ?

— Absolument, madame la juge.

— Y avait-il des témoins ?

Elle hocha la tête affirmativement.

— Assurément. Bertrand Lamandé d'abord, qui a exécuté cet ordre, et peut-être monsieur Labasque, le fondé de pouvoir qui semble avoir toujours une oreille qui traîne.

— Vous pensez que ces personnes confirmeront vos dires ?

— Non, madame la juge.

— Vous êtes bien catégorique.

— Et pour cause, la situation de ces deux personnes dépend de leur employeur, monsieur Duquesne. Je les vois mal témoigner contre leur patron.

— Vous vous rendez compte que ça fragilise votre accusation ?

Mary ricana en montrant son bras.

— Ils vont peut-être même prétendre que je me suis fait ça toute seule ?

Après avoir observé un temps de silence, la juge demanda :

— Mais… pourquoi ?

— Pourquoi m'aurait-on traitée de la sorte ? Probablement parce que mes questions dérangeaient.

— Quelles questions ?

— Figurez-vous que je n'ai pas eu le temps de les poser, puisque j'ai été éjectée immédiatement, avec la violence que vous savez. J'étais en quête de renseignements à propos de la disparition d'Aude Larmenciel.

La juge leva la tête.

— Et vous les cherchiez dans une banque ?

— Je n'ai pas d'*a priori*. Je cherche là où les indices me mènent.

— Quels indices ?

Mary soupira.

— C'est une longue histoire…

La juge se recula dans son siège et toisa Mary.

— Racontez-moi ça, commandant.

Mary soupira à nouveau. Elle commençait à en avoir assez de la répéter, cette histoire. Elle ferma les yeux et vacilla.

Le commissaire, alarmé, la soutint.

— Mary… Ça ne va pas ?

Elle eut un pauvre sourire et dit d'une voix faible qui démentait son propos :

— Si, patron, ça va aller…

Il la mena jusqu'à son siège avec précaution et la fit asseoir tandis que la juge commandait :

— Madame Guyon, allez donc chercher un verre d'eau.

Inquiète, la juge demanda au commissaire :

— Qu'est-ce qui lui arrive ?

Le commissaire haussa les épaules.

— Je ne sais pas… un coup de fatigue, je suppose…

— Ça lui arrive souvent ?

— Jamais… mais cette agression l'a éprouvée. L'urgentiste lui a prescrit une semaine d'arrêt de travail et de repos complet.

Il regarda la juge avec rancune.

— Elle n'aura pas voulu surseoir à votre convocation.

La juge dut éprouver un sentiment de culpabilité (c'était bien son tour!), car elle proposa d'appeler le SAMU. En entendant ce mot, Mary eut un regain d'énergie et, secouant la tête négativement, elle tira sur la manche du commissaire.

— Patron, ramenez-moi chez moi!

— Oui, Mary, dit-il doucement.

Sans attendre l'autorisation de la juge, il ouvrit la porte sur le couloir où Fortin, assis sur un banc, attendait patiemment qu'on l'interrogeât.

— Fortin, venez donc par là. Mary a eu un malaise. Ramenez-la à son domicile.

Le grand se précipita, embrassa la scène et fixa sur la juge un regard meurtrier que celle-ci ne chercha pas à soutenir. Puis il prit Mary, la souleva avec délicatesse comme s'il s'était agi d'une poupée et disparut.

— Eh bien, dit la juge en ramassant ses papiers, cas de force majeure: on va donc devoir surseoir. Monsieur le commissaire, quand le commandant Lester sera en état de répondre à mes questions, faites-le-moi savoir. Je fixerai une autre date pour reprendre cette conversation.

— Bien, madame la juge.

Fabien salua et sortit. Au lieu d'emprunter le chemin le plus direct pour se rendre au commissariat, il remonta la rue du Palais, coupa par la place de la Tour d'Auvergne, contourna l'église Saint-Mathieu pour retrouver la venelle du Pain-Cuit.

Le verrou de la porte du jardin n'avait pas été poussé, alors il entra et trouva Mary Lester assise dans un fauteuil de rotin dans sa véranda.

Sur une table basse, une théière fumait.

À l'entrée du patron, Fortin, qui buvait une bière face à Mary, se leva du siège sur lequel il s'était posé.

— On n'attendait plus que vous, dit Mary, très à l'aise.

Le commissaire s'étonna :

— C'est pour moi que vous aviez laissé la porte ouverte ?

Elle lui sourit malicieusement.

— Évidemment, patron, je n'allais pas vous laisser sur le palier. Asseyez-vous. Nous prenions le thé. Amandine vous a mis une tasse, mais peut-être préférerez-vous du café ?

— Le thé ira très bien, assura le commissaire.

Déconcerté, passant du presque drame à un *five o'clock* mondain, partagé entre la colère et le soulagement, il s'assit sans quitter Mary des yeux. Elle avait abandonné son attelle, son air dolent et ne paraissait plus souffrir de son malaise.

— On dirait que ça va mieux, dit-il sans cesser d'examiner Mary.

Elle sourit.

— On dirait, n'est-ce pas ?

— L'air du palais de justice ne vous convient plus ?

— Il ne m'a jamais convenu sauf une fois : quand le juge Le Gallou a remplacé la mère Laurier, il me convenait même parfaitement, mais ça n'a pas duré.

Fortin se manifesta :

— Elle est allergique au Laurier !

Le patron le regarda curieusement, mais ne fit pas de commentaire. Il revint à Mary :

— Si vous m'expliquiez, jeune fille ?

Chapitre 22

La jeune fille s'inclina :

— Volontiers, patron.

Elle réfléchit un instant, puis se lança :

— L'enquête que vous m'avez confiée n'offre pas beaucoup de prise.

Avec raison, le commissaire lui fit remarquer que, si elle avait, comme elle disait, « offert beaucoup de prises », les gendarmes ou les flics de Rennes en seraient venus à bout et que, dès lors, il n'y aurait pas eu besoin de confier l'enquête au commandant Lester. Elle ne put que se rendre à cette évidence.

— Il y a en effet si peu d'indices qu'on peut même dire qu'à ce jour, il n'y en a aucun.

Le commissaire demanda :

— Jusqu'au jour où vous avez résolu de poser quelques questions à ce monsieur Duquesne, de la Financière celtique ?

— En effet.

— Qu'est-ce qui vous a menée jusqu'à cet établissement financier ?

— Le hasard.

Le commissaire parut sceptique.

— Le hasard ?

— Oui. Je savais, par sa mère, qu'Aude Larmenciel, qui avait quitté le foyer familial dès sa majorité, était hébergée chez un couple de retraités, les Lagathu. J'ai donc rendu visite à ces personnes et, après un premier contact difficile, ils ont collaboré très volontiers. Monsieur Lagathu m'a montré, entre autres, une photo de la disparue sur le vieux vélo qui lui servait habituellement de moyen de locomotion. Cependant, Aude, qu'ils aimaient bien, était une jeune personne très discrète. Ça semble d'ailleurs être une caractéristique de cette famille où, entre sœurs, et même avec leur mère, chacun tient à ses petits secrets.

Fabien écoutait avec une attention extrême.

— Au sortir de la propriété des Lagathu, j'ai aperçu des papiers à demi carbonisés que le vent avait fait voler dans une haie, et en particulier une enveloppe marquée du sigle LFC, la Financière celtique. Je me suis souvenue que le dossier mentionnait un emploi dans cette banque, nous en avions d'ailleurs parlé. J'ai donc résolu d'aller tenter ma chance auprès des responsables de cet établissement pour savoir en quoi consistait le travail d'Aude Larmenciel chez eux. Je me suis présentée avec ma carte de police et j'ai demandé à rencontrer le directeur. Celui-ci a refusé de me recevoir au prétexte que je n'avais pas pris rendez-vous. Devant mon insistance, il a ordonné à son agent de sécurité de m'éconduire. Celui-ci m'a empoignée par le coude avec plus de vigueur qu'il n'était nécessaire et m'a balancée sans ménagements sur le trottoir, avec recommandation expresse de ne plus reparaître dans l'établissement.

— Balancée ? répéta le commissaire, indigné.

— Parfaitement, j'en porte encore les stigmates.

Une nouvelle fois, le commissaire tressaillit.

— Les stigmates ? Vous n'exagérez pas un peu ?

La question agaça Mary.

— Pas du tout ! fit-elle sèchement. C'est le mot qui convient !

Elle regarda le commissaire d'un air de dire : « Essayez donc de me prouver le contraire ! » Fabien ne s'y risqua pas. Il savait bien qu'à ce petit jeu, il ne serait jamais le plus fort. Il fit néanmoins remarquer :

— Madame la juge a mis le doigt sur la fragilité de cette accusation.

— En effet, et il n'était pas besoin qu'elle me le fasse remarquer pour que j'en aie conscience.

Le commissaire montra l'encombrant appareil qui avait enserré son bras et qui gisait maintenant sur un divan.

— À quoi rime cette comédie ?

— C'est un contre-feu, patron.

— Un contre-feu ? Expliquez-moi ça.

— Duquesne m'ayant laissé entendre que son homme de main porterait plainte contre « les violences policières », j'ai fait constater et soigner ma blessure aux urgences. Si ce vigile nous cite en justice, j'en aurai autant à son service.

— Vous porterez plainte ?

— Sans la moindre hésitation.

D'un mouvement de tête, le commissaire désigna l'attelle.

— D'où l'explication de ce machin ?

— Ce « machin » s'appelle une attelle et vous pensez bien que ce n'est pas pour faire chic que je la porte, mais sur prescription du médecin urgentiste pour soulager mon articulation blessée.

— Je vois, dit le commissaire. Et votre coup de mou dans le bureau de la juge tout à l'heure, c'était encore du cinéma ?

— Du cinéma ? Comme vous y allez, patron. J'ai effectivement essuyé un sérieux coup de fatigue. Pour tout vous dire, j'en ai marre des questions fielleuses de cette vieille chouette ! Je veux bien évoquer avec vous l'évolution de mon enquête, mais pas avec la mère Laurier !

— Trop aimable ! Pourquoi êtes-vous entrée seule dans cette banque ?

— Je n'étais pas seule. Conformément à ce règlement que vous venez fort opportunément de me rappeler, j'étais accompagnée par le capitaine Fortin. Enfin, quand je dis que j'étais accompagnée, en réalité, j'étais seule dans le hall de la banque.

— Comment ça ?

— Après m'avoir déposée, le commandant Fortin est resté dans la voiture. Quand je suis revenue, je lui ai raconté mes déboires. Fortin voulait y retourner pour demander les raisons de cette brutalité à l'individu qui m'avait blessée, mais je m'y suis refusée.

— Pourquoi ?

— Fortin ne supporte pas qu'on pose la main sur moi. Il aurait demandé des comptes à cet agent de sécurité et ça aurait pu mal tourner. J'ai préféré me rendre au palais de justice où je comptais obtenir une commission rogatoire pour pouvoir accomplir ma mission. Il me la fallait d'urgence.

— Pourquoi cette urgence ?

— Parce que la réaction de ce Duquesne m'a mis la puce à l'oreille. J'ai eu le sentiment que, surpris par ma requête, ce monsieur cherchait à gagner du temps pour dissimuler certaines choses.

— Croyez-vous que…

Il s'arrêta net. Mary fit remarquer qu'en pareil cas, quand on n'a rien sur la conscience, on reçoit aimablement le flic, on répond à ses questions et tout est dit. On n'a rien vu, rien entendu et le flic s'en va questionner plus loin et on n'en parle plus.

— Alors, vous avez eu l'idée de solliciter cette commission rogatoire chez la juge.

— Exactement. Madame Laurier étant en arrêt de travail, madame Guyon m'a dit que le juge Le Gallou assurait l'intérim. J'ai donc expliqué mon affaire à monsieur Le Gallou, qui m'a immédiatement délivré la commission rogatoire. C'est donc forte de ce document – et de la présence du capitaine Fortin et du lieutenant Gertrude Le Quintrec – que je suis retournée à la banque où, une nouvelle fois, l'agent de sécurité a voulu m'interdire le passage. Comme il devenait agressif, le lieutenant Le Quintrec l'a neutralisé, et ensuite nous avons pu procéder aux interrogatoires et à la visite des lieux.

— Qu'entendez-vous par « neutralisé » ?

— Nous avons fait en sorte qu'il ne puisse pas troubler les investigations que nous devions mener.

— Mais encore ?

— Eh bien, le lieutenant Le Quintrec l'a menotté et l'a accroché à un tuyau de chauffage central.

Fabien secoua la tête et répéta : « Attaché au tuyau de chauffage central ! »

Elle précisa :

— Mais en aucun cas ce monsieur n'a été frappé.

— C'est donc ça, votre version ?

— Ma version, oui, et ça sera également ma déposition.

— Vous vous doutez bien que maître Pelaud aura une autre manière de présenter les choses…

Elle rit, comme si c'était la chose la plus drôle du monde.

— Bien évidemment !

Fabien soupira, comme s'il se parlait à lui-même :

— Et ça la fait rire !

La réponse de Mary fusa :

— Rira bien qui rira le dernier !

Fabien, vaincu, secoua une nouvelle fois la tête et lança un dernier avertissement :

— Vous jouez avec le feu !

— J'en suis bien consciente, tout comme je suis consciente d'être dans mon bon droit !

Le commissaire dit d'une voix résignée, avec une curieuse petite grimace :

— Si vous le dites…

Puis, après un silence, il ajouta en soupirant :

— Si je comprends bien, cette enquête va donc se mettre en pause le temps de votre arrêt de travail ?

— Officiellement, oui.

— Comment ça, officiellement ?

— Je ne suis pas le seul flic du commissariat, tout de même !

Fabien leva les épaules comme si elles supportaient toute la misère du monde et demanda :

— À qui voulez-vous…

Il s'était arrêté net au milieu de sa phrase. Sans embarras, Mary la termina :

— Qui voulez-vous qui prenne ma place ?

Fabien hocha la tête tristement.

Les limiers du SRPJ de Rennes avaient déclaré forfait, tout comme les gendarmes de la brigade de recherches et d'intervention.

— Le petit Lecoq?

Elle eut un geste évasif.

— C'est à vous de voir, patron, mais pourquoi Lecoq alors que vous avez Fortin et Gertrude sous la main?

— Fortin et Gertrude sont certes d'excellents éléments, mais je crains fort qu'une telle affaire les dépasse un peu.

Elle ricana.

— Alors, que dire de Lecoq?

Fabien constata d'un ton peiné:

— Vous ne l'aimez pas, n'est-ce pas?

— Pas du tout! Lecoq chez les poulets, je n'en fais pas une affaire personnelle, mais avouez que ça ne fait pas très sérieux…

Fabien la regarda d'un air chagriné.

— Et une telle réflexion, vous trouvez que ça fait sérieux?

C'est qu'il avait l'air d'y tenir, à son coquelet!

— Bah, patron, comme disent les Chinois: « Peu importe la couleur du chat s'il attrape les souris. »

Cette fois, il eut l'air préoccupé. Son enquêtrice vedette ne commençait-elle pas à débloquer? Que venaient faire les Chinois dans cette affaire?

— C'est un proverbe chinois, patron.

Il haussa les épaules, agacé. N'y avait-il pas assez des proverbes français qu'il faille aller en chercher jusqu'en Chine?

Elle traduisit:

— Ça démontre que la compétence ne dépend pas du costume, de l'aspect, ni de la couleur.

Le commissaire la regarda d'un œil inquiet. Elle lui assena un autre dicton :

— Pas plus haut que la chaussure, cordonnier !

— Qu'est-ce que vous racontez, encore ? grommela-t-il, courroucé.

— C'est un proverbe italien. Ça veut dire que chacun a son domaine de compétence et qu'il n'est pas bon de vouloir y échapper.

Le visage du commissaire s'éclaira.

— N'est-ce pas ce qu'en français on appelle le principe de Peter ?

— Bravo, patron ! Tout est affaire de compétences. Lecoq sera parfait pour traiter les statistiques mensuelles de la délinquance des mineurs. Ce n'est pas un homme de terrain. Fortin et Gertrude, en revanche, ont prouvé leurs qualités dans bien des situations délicates que je ne vais pas vous énumérer ici.

— Ouais, fit le patron. Et leur principe de Peter à eux s'arrête où ?

— À la diplomatie, je le crains. M'enfin, supposons…

Le commissaire la regarda avec attention.

— Je dis bien, supposons que Fortin et Gertrude reprennent le flambeau…

La moue du patron disait, mieux qu'un long discours, le peu d'enthousiasme que cette suggestion lui inspirait.

Mary, remarquant son scepticisme, le pressa :

— Qu'est-ce qui coince ?

— Tout d'abord, ça poserait un problème de hiérarchie.

Elle ne s'était pas attendue à cette réponse et s'en étonna :

— De hiérarchie ?

— Oui, dans un tel binôme, Fortin est capitaine et Gertrude n'est que lieutenant. Qui commandera ?

Elle le regarda en riant.

— Ce ne sont que des obstacles de papier ! Dans l'action, on ne se préoccupe pas de préséances. C'est une affaire de circonstances et de rapidité, le plus souvent. Et, croyez-moi, ces deux-là sont parfaitement complémentaires.

— Mais, et vous ?

— Moi ? Pour le moment, je suis en arrêt de travail. Ça n'empêchera pas mes amis de venir me rendre visite, de me tenir au courant de l'évolution de leurs investigations. Et en retour, ça ne m'empêchera pas de leur prodiguer quelques conseils s'ils en ont besoin.

Le visage du commissaire s'était éclairé.

— Je vous vois venir, dit-il. Vous voulez enquêter en sous-main.

Elle rit.

— Allez-vous vous en plaindre ?

Fabien secoua la tête.

— Assurément, non, mais…

Elle le rassura :

— Officiellement, vous n'en saurez rien.

Il leva les yeux au ciel.

— Qui va croire ça ?

Elle répliqua vivement :

— Qui pourra prouver le contraire ? Je vais faire l'objet d'une plainte puisque maître Pelaud a eu la bonté de vous en tenir informé.

Le commissaire grinça.

— « La bonté », vous avez de ces mots…

— Allons, c'est du second degré, patron.

Fabien hocha la tête, affirmativement cette fois.

— Soit, mais cette plainte va automatiquement entraîner une enquête de l'IGPN.

— Les bœuf-carottes ! fit-elle avec mépris. Je commence à avoir l'habitude.

— Humph ! fit le commissaire qui, loin de là, n'affichait pas la sérénité du commandant Lester. Vous qui aimez particulièrement les proverbes, vous connaissez sûrement celui-ci : « Tant va la cruche à l'eau qu'à la fin elle se brise. »

— C'est moi, la cruche ?

— Tss ! s'exclama Fabien. Vous voyez bien ce que je veux dire !

— Oui, mais les proverbes, ça peut se modifier.

— Ah bon ? s'étonna Fabien.

— Ouais, je préfère ma version : « Tant va la cruche à l'eau qu'à la fin elle se remplit. » Ça me plaît mieux comme ça parce que c'est positif.

— Et elle va se remplir de quoi, votre cruche ?

— Des mille petits éléments que me rapporteront nos deux limiers.

— Et pendant ce temps-là…

— Et pendant ce temps-là, je me reposerai, j'élaborerai ma déposition que vous voudrez bien remettre à la mère Laurier, ça m'épargnera la peine d'user ma salive à répéter toujours la même chose.

— Mais votre bras…

— Quoi, mon bras ?

— Vous pourrez écrire ?

— Si je ne peux pas, ma chère Amandine y pourvoira.

Fabien ricana :

— Réponse à tout, hein ?

Mary répondit brièvement :

— Faut ce qu'il faut !

Puis elle ajouta :

— Il faudra bien aussi que je prenne du repos pour affronter les bœuf-carottes.

Chapitre 23

Finalement, cette mise sur la touche temporaire de Mary Lester contrariait bien des gens.

Le commissaire Fabien tout d'abord, qui se sentait un peu seul en l'absence de son enquêtrice préférée. Les bœuf-carottes, ensuite, frustrés de n'avoir pas l'insolente à se mettre sous la dent (avec, cette fois, de fortes chances de la terrasser). Fortin et Gertrude, privés de leur leader naturel, touchaient du doigt l'importance que tenait le commandant Lester dans leurs investigations.

La mère Laurier, elle aussi, déplorait l'indisponibilité du commandant Lester, ainsi que maître Pelaud, l'avocat de la Financière celtique et son client, monsieur le directeur Duquesne. Bref, tout ce petit monde, pour des motifs différents, arrivait à la même conclusion que le grand poète Lamartine a admirablement résumé en une dizaine de mots: « Un seul être vous manque et tout est dépeuplé. »

Il en restait un, ou plutôt une qui était particulièrement satisfaite de cette situation, c'était Amandine,

« la servante au grand cœur » comme l'appelait Yann en secret.

Bien qu'elle en revêtît souvent les fonctions, Amandine Trépon n'était ni de près ni de loin une servante. Cependant, question grand cœur, elle cochait toutes les cases. Cette voisine providentielle en était venue à faire partie de la famille. Pour Mary, une seconde mère, en quelque sorte, pour remplacer celle qui l'avait mise au monde et qu'elle n'avait jamais connue, et une vieille parente attentionnée pour ce qu'elle appelait « le petit monde de Mary Lester », Fortin, Gertrude, Yann Charpentier et même le lunaire Albert Passepoil, sans oublier la comtesse Jeanne de Longueville qu'une liaison avec un haut conseiller proche des ors de la République avait momentanément éloignée du commissariat de Quimper.

Jeanne de Longueville, la comtesse, comme tout le monde l'appelait au commissariat, avait pourtant gardé le contact avec Mary à laquelle elle ne cachait pas sa nostalgie des enquêtes menées sous l'égide du commandant Lester.

Amandine s'affligeait lorsque « sa petite » – ainsi appelait-elle Mary Lester – rentrait un peu cabossée d'enquêtes difficiles. Elle soignait ses ecchymoses et lui préparait, selon les heures, une tisane apaisante ou une soupe revigorante.

Chaque fois que Mary devait s'éloigner pour une nouvelle mission, Amandine devenait nerveuse, pour ne pas dire fébrile, faisant penser à une poule qui a couvé des œufs de cane et qui voit ses rejetons courir à la mare.

Elle allait enfin avoir « sa petite » pour elle toute seule !

Mary passa quatre jours comme un coq en pâte, soignée par Amandine et visitée par Fortin et Gertrude, qui venaient chaque soir faire le compte rendu de leur journée d'investigation.

Le cinquième jour, elle commença à se sentir des fourmis dans les jambes. Elle avait rédigé le déroulé de cette enquête, elle avait lu tous les journaux et les revues qu'elle s'était réservés et s'était mise assidûment au piano, pour le plus grand plaisir d'Amandine.

L'après-midi était bien entamé et, justement, elle jouait le *Nocturne numéro 9* de Chopin quand la sonnerie brutale du téléphone vint interrompre cet instant de grâce. Plongée dans son interprétation, Mary ne fit pas un geste pour saisir l'appareil et c'est Amandine qui s'en chargea. Elle revint vers Mary et, maussade, elle lui tendit l'appareil en disant abruptement :

— On demande après vous.

Mary saisit l'appareil.

— Allô ?

Elle entendit la réponse et son visage se crispa.

— C'est vous, madame la juge ?

Amandine, curieuse, écoutait. Mary appuya sur la fonction haut-parleur et la voix grinçante de la magistrate fit vibrer l'appareil.

— Oui… Pouvez-vous me recevoir ?

Elle s'étonna. D'habitude, la juge convoquait et ne demandait pas, presque poliment, à être reçue. *Oh*, se dit Mary, *elle doit être encore malade !* Elle répéta :

— Vous recevoir ?

— Vous m'avez bien entendue !

Ça y est, pensa Mary, *le naturel devient au galop, elle redevient désagréable.*

— Où ça ? Chez moi ?

— Évidemment, chez vous!

— Bien sûr, madame la juge. Quand?

— Là, maintenant!

— Mais... où êtes-vous?

— Devant votre porte!

— Mon Dieu, que ne le disiez-vous? J'arrive!

Elle glissa à Amandine:

— C'est la mère Laurier!

— Qu'est-ce qu'elle vous veut encore? demanda Amandine, déjà renfrognée.

Elle n'avait pas d'atomes crochus avec la magistrate qu'elle accusait – et pas toujours à tort – de jeter sa petite dans des embarras sans nom.

— Si je savais! Vous voulez bien préparer un thé?

Tandis qu'Amandine plongeait dans sa cuisine en bougonnant, Mary se précipita et déverrouilla la porte de grosses planches qui donnait sur la venelle. Une forme noire serrant contre elle sa veste se tenait dans l'ombre, immobile.

— Madame la juge! dit Mary. Si je m'attendais...

— Il n'y a donc pas de sonnette chez vous? maugréa la juge.

— Non, dit Mary. Les enfants s'amusent à tirer les sonnettes, alors on téléphone.

Silencieuse, Amandine posa sur la table basse un plateau garni d'une grosse théière en argent, de deux tasses et leurs soucoupes et d'une coupelle en bois d'olivier garnie de croûtes d'amande, grande spécialité de « la servante au grand cœur ».

Voyant qu'on la regardait, Amandine se fendit d'un discret « bonjour, Madame ». La juge se contenta de lui rendre son salut d'un vague hochement de tête assorti d'un « bonjour » sans chaleur qu'elle devait estimer suffisant pour s'adresser à une ancillaire.

Mary nota cette attitude qui révélait un mépris de classe envers sa vieille amie et cela l'irrita. Mais enfin, on ne pouvait attendre une autre attitude de la part de la magistrate. L'avait-on déjà vu sourire? Mary ne s'en souvenait pas. Il est vrai que lorsqu'elle avait été convoquée au bureau de madame Laurier, c'était plus pour se faire recadrer que pour recevoir des compliments.

Néanmoins, elle proposa aimablement :

— Asseyons-nous, si vous le voulez bien.

La juge se posa du bout des fesses sur le canapé, en observant avec suspicion (probablement de la déformation professionnelle) le gros chat noir qui la fixait de ses grands yeux verts. Il occupait l'autre partie du canapé et, visiblement, n'entendait céder la place à personne.

De son côté, la juge n'envisageait évidemment pas de la lui disputer, mais bien de garder le plus d'espace possible entre son épiderme et les griffes de ce qui lui paraissait être un fauve redoutable. Elle avait bien raison ! Mary la rassura :

— C'est Mizdu, n'ayez pas peur, c'est un excellent gardien qui n'est dangereux que pour ceux qui entrent ici avec des intentions mauvaises… Je suis certaine que ce n'est pas votre cas…

— Évidemment, non, assura la juge, j'étais venue prendre de vos nouvelles…

— C'est très aimable à vous, mais…

— Mais je suis rassurée… J'ai entendu un bel air de piano. Est-ce vous qui jouiez ?

Mary confirma. La juge eut une moue admirative.

— Quel brio ! Je constate avec satisfaction que votre luxation du coude n'est plus qu'un mauvais souvenir.

— Ça va mieux, mais ce n'est pas encore ça, reconnut Mary. Le kiné m'a assuré que faire des gammes serait la meilleure des rééducations. Cependant, il y a des enchaînements qui accrochent encore.

— Je ne l'ai pas ressenti, dit la juge, mais ces pièces de Mozart sont si difficiles à interpréter…

— Euh… dit Mary, embarrassée autant que ravie, ce n'était pas du Mozart, mais le *Nocturne n° 9* de Chopin.

Elle ajouta vivement :

— Mais ce n'est pas le plus facile des compositeurs. Chopin était un virtuose du piano, ce que je ne suis pas.

Cette mise au point n'embarrassa pas la juge qui dit, d'un air indifférent :

— Ça se ressemble beaucoup, n'est-ce pas ?

Marie décida d'être conciliante.

— Oui, tout ça, c'est du piano ! Au fait, vous avez lu ma déposition…

— Oui, le commissaire Fabien m'en a fait parvenir une photocopie. Je ne vous étonnerai pas en vous disant que la position de monsieur Bertrand Lamandé diffère radicalement de la vôtre.

— Je m'en serais doutée, dit Mary en souriant.

— Il a déposé plainte contre vous pour « violences policières ».

— Ah, je vais donc pouvoir à mon tour le poursuivre pour coups et blessures volontaires !

— Vous ne l'avez pas encore fait ?

— Non, j'attendais qu'il se manifeste. Maintenant, je peux y aller !

Un silence réprobateur suivit. La juge la regardait d'un drôle d'air.

— J'ai des témoins, vous savez.

— Oui, fit la juge comme à regret, le lieutenant Le Quintrec et le commandant Fortin.

— Parfaitement !

— Il n'y a qu'un inconvénient, commandant, ces deux personnes sont des policiers…

— Et alors, depuis quand les représentants de la force publique, assermentés de surcroît, n'ont plus le droit de témoigner ?

— Ne vous emballez pas : ce sont vos subordonnés, vous avez fait pas mal d'enquêtes ensemble.

— Est-ce une circonstance aggravante ?

— Peut-être. Une certaine presse, les réseaux sociaux, et surtout la partie adverse, ne manqueront pas de soupçonner une possible connivence, voire un conflit d'intérêts.

Mary, qui s'était fait cette réflexion, savait parfaitement que c'était là un écueil redoutable. Elle ne s'en indigna pas moins.

— Depuis quand sont-ce les réseaux sociaux et une presse orientée qui rend la justice dans ce pays ?

La juge eut un mouvement d'agacement qui ne désarma pas Mary.

— Donc, il eût fallu que je produise des témoins qui ne fussent pas flics ?

— C'eût été mieux en effet.

— Il y avait bien la jeune femme de l'accueil.

— Sarah Breuil ?

— Oui, c'est ça. Et puis le fondé de pouvoir, monsieur Labasque.

La juge eut un bref rire.

— Vous rêvez, commandant, vous voyez une hôtesse d'accueil et un fondé de pouvoir témoigner contre un directeur de banque qui est également leur patron ? Ça serait pour le moins faire une croix sur leur situation, sans espoir de retrouver une telle place dans un établissement analogue.

— Je vois… Cependant, s'ils soutiennent la version de monsieur Bertrand Lamandé, ils feront un faux témoignage.

— À condition que le vôtre puisse être considéré comme l'expression de la vérité, précisa la juge.

Mary resservit le thé que la grosse théière d'argent avait gardé au chaud et reprit une croûte aux amandes. Madame Laurier ne se fit pas prier pour en faire autant.

Insensiblement, la soirée se rapprochait. La juge sentit qu'il était temps de se fendre d'un compliment.

— Vos pâtisseries sont délicieuses, madame Amandine.

— Je vous remercie, dit sobrement Amandine avant de retourner dans sa cuisine.

Mary ajouta :

— Je vous remercie à mon tour, madame la juge, de m'avoir éclairée sur ce qui m'attend.

— Je voulais surtout vous avertir que je prévois le plus vite possible une confrontation à mon cabinet dès que votre état de santé le permettra.

— Je l'espère aussi, dit Mary en pensant : *Ma vieille, pour rien au monde, je ne voudrais rater ça !*

Chapitre 24

Mary reconduisit la juge jusqu'à la porte de la rue et elle regarda la frêle silhouette noire s'éloigner vers le parking Saint-Mathieu où elle devait avoir garé sa voiture.

Elle verrouilla soigneusement sa porte et revint songeuse dans son logis.

Amandine, qui finissait de ramasser le plateau à thé, lui demanda à mi-voix :

— Elle est partie ?

— Oui, dit Mary. La pauvre vieille…

Ces trois mots firent réagir Amandine.

— Ah, vous n'allez pas la plaindre, en plus !

Mary regarda sa bonne amie et lui demanda doucement :

— En plus de quoi ?

— Mais c'est cette sale bonne femme qui vous persécute, qui débarque chez vous à pas d'heure sans se faire annoncer, qui est à peine polie et qui vous pourrit régulièrement la vie !

— Je reconnais qu'elle n'est pas toujours commode, concéda Mary, mais qu'importe, je ne peux m'empêcher de la plaindre. Elle paraît si fragile…

C'était vraiment ce qu'elle ressentait. En fait, elle ne savait rien de la vie de cette terreur des prétoires en dehors du palais de justice. Où habitait-elle? Vivait-elle seule sans une compagne ou un compagnon? Trouverait-elle, en poussant sa porte, une atmosphère chaude, une bonne odeur de nourriture ou le vide d'un appartement qui n'a pas été occupé de la journée et, pour tout souper, une pizza congelée sortie du freezer et passée au four micro-ondes?

La voix d'Amandine la sortit de sa méditation.

— À quoi pensez-vous?

— Je pense au bonheur de vous avoir près de moi, ma chère Amandine, au bonheur d'avoir ce curieux appartement, un plat qui mijote dans la cuisine.

Amandine glissa:

— Tout à l'heure, vous aurez même le plaisir d'avoir un invité surprise.

— Un invité? Qui ça? Yann?

— Je ne sais pas, mais si vous l'invitez, je pense qu'il viendra.

— Ça, c'est une bonne idée! Vous avez cuisiné pour trois?

— Non, ma chère, pour quatre!

— Et qui sera le quatrième?

— Le commandant!

— Jean-Marie?

— Votre père, oui!

— Et c'est maintenant que vous m'en avisez?

— Avec la visite de cette sorcière, je n'ai pas eu le loisir de le faire plus tôt. Mais soyez tranquille, tout sera prêt.

Sur ce point, Mary savait qu'on pouvait lui faire confiance.

— Bon, dit-elle, si je comprends bien, je n'ai plus qu'à aller préparer l'apéro.

— Ça, vous pouvez faire, ma foi, approuva Amandine.

Forte de cette autorisation, Mary sortit les verres, les bouteilles et les amuse-gueule.

Le commandant arriva le premier, porteur d'une bouteille de champagne, suivi de près par Yann qui n'avait pas oublié le bouquet de fleurs destiné à Amandine, ni le coffret de chocolats fins. Tout le monde s'installa dans la bonne humeur autour de la table.

En fond sonore, Mary avait choisi le *Concerto pour deux guitares* d'Ida Presti et d'Alexandre Lagoya.

Yann se chargeait de démuseler la bouteille de champagne lorsque des bruits sourds venant de la rue se firent entendre. Il s'interrompit, posa la bouteille et se dévoua.

— Je vais voir…

Il revint, embarrassé.

— Mary, il y a là une dame qui te demande.

— Une dame ?

Comme elle prononçait ces mots, elle vit la silhouette noire qui l'avait quittée un peu plus tôt.

— Madame Laurier ? s'exclama-t-elle. Que se passe-t-il ?

— Je suis navrée de vous déranger, dit la juge d'une voix lamentable, ma voiture ne veut pas démarrer, je suis en panne ! Et en plus, mon téléphone n'a plus de batterie.

Mary crut que la juge allait se mettre à pleurer, mais elle parvint à se maîtriser.

— Quelqu'un vous attend que vous voulez prévenir ?

— Non, personne ne m'attend.

Encore un drame de la solitude, pensa Mary. Il est vrai que l'attitude de la mère Laurier n'était pas faite pour favoriser des amitiés, et encore moins les amours. Mary s'écarta, ouvrant grand la porte.

— Entrez donc ! Ne restez pas sous ce crachin, il y a de quoi attraper la mort.

— Je ne sais pas… Je suis confuse de troubler votre soirée…

Jean-Marie intervint d'une voix tonitruante :

— Vous ne troublez rien, ma petite dame, plus on est de fous, plus on rit !

Il adressa un clin d'œil appuyé à la cuisinière qui rougit.

— Pas vrai, Amandine ?

Sans attendre de réponse, il prit la juge par le bras et la conduisit galamment vers un fauteuil.

— Tenez, mettez-vous là et donnez-moi votre vêtement, il est tout mouillé. Je vais le suspendre dans la salle de bains.

— Vous n'y pensez pas, Monsieur, fit la juge, embarrassée.

Qu'avait-elle compris ? Qu'on lui demandait de se déshabiller en public ? Elle était tellement tordue que c'était bien possible.

Jean-Marie ne la rassura pas :

— Mais je ne pense qu'à ça, au contraire ! Vous prendrez bien une coupe de champagne…

— Je ne sais si… si…

On n'entendit pas la suite, Jean-Marie lui avait d'autorité mis la coupe en main. Elle finit par s'asseoir. Mary, qui commençait à s'amuser, dit à la juge :

— On ne peut pas résister au commandant!

Elle ajouta en aparté:

— C'est mon père! Toute sa vie, il a commandé des porte-conteneurs de 300 mètres de long sur toutes les mers du monde. Sur ces bateaux, il faut parler fort pour se faire entendre. Même à terre, il lui faut commander.

Puis elle dit à Jean-Marie:

— Madame Laurier est une magistrate du tribunal de Quimper avec laquelle je suis en contact fréquemment.

La juge, un peu débordée, risqua un timide:

— Enchantée, Monsieur.

Jean-Marie braqua son index sur Mary et dit en plaisantant:

— Cette fille me ferait une mauvaise réputation! « On ne peut résister au commandant! » Dans sa bouche, c'est un comble, elle a passé sa vie à me désobéir.

— Oh, tempéra Mary, tu n'étais jamais là!

Jean-Marie balaya l'objection.

— Elle a fait des études pour être avocate, et voilà qu'elle est flic!

La coupette de champagne semblait avoir désinhibé la juge. Elle risqua:

— Vous n'aimez pas la police?

— Je m'en fous! déclara abruptement ce père indigne. Depuis ma passerelle, on ne voit pas beaucoup de motards et, à bord, selon la formule, je suis le seul maître après Dieu!

Mary coupa là une conversation qui risquait de devenir scabreuse.

— Chère Madame, permettez-moi de vous présenter mon compagnon, Yann Charpentier, vétérinaire de son état. Il a sauvé la vie de mon chat qui avait été blessé par balles lorsque Goran Blanic, le tueur fou, m'a agressée ici même[17].

En un tournemain, Amandine avait refait sa table en fonction de l'invitée supplémentaire. De belles assiettes décorées de silhouettes colorées de ces « Incroyables et Merveilleuses », témoins de la mode extravagante du temps du Directoire, brillaient sur une nappe immaculée.

Madame Laurier, habituée à dîner d'une salade vendue sous vide, était fort mal à l'aise devant ce décor qui lui paraissait somptueux. Comme elle faisait mine de se lever, Jean-Marie, qui se sentait chez lui partout, lui lança de sa grosse voix à l'inénarrable accent douarneniste (qu'il retrouvait instantanément dès qu'il posait le pied sur le sol breton) en donnant du poing sur la table, ce qui fit tinter les verres :

— *Gast*, vous allez manger la soupe avec nous tout de même !

L'invitation était plus comminatoire que protocolaire, mais le commandant Le Ster n'avait que faire de ces afféteries de terriens. Il clama :

— Amandine, quel est le menu ?

Amandine, rompue aux manières directes de Jean-Marie, ne s'en offusqua pas.

— C'est très simple, commandant, un consommé aux vermicelles suivi d'un dos de cabillaud au beurre citronné accompagné de riz basmati, fromages et, au dessert, baba au rhum à ma façon.

— C'est un peu léger, commenta Jean-Marie, mais pour le soir, ça ira !

La juge regarda Mary.

---

17. *Voir* Villa des Quatre Vents, *même auteur, même collection.*

— Commandant, je suis affreusement confuse de m'imposer de la sorte !

Mary la rassura :

— Il ne faut pas, madame Laurier, c'est offert de bon cœur.

— Alors… dit la juge.

Elle descendit son bol de consommé avec des soupirs de bien-être, fit un sort à son copieux morceau de poisson en torchant son verre de muscadet avec des mines gourmandes, pignocha sur le fromage en goûtant cependant à tout, et n'eut pas le temps de refuser le verre de côtes-du-rhône que Jean-Marie lui servit d'autorité.

— Du rouge avec le fromage, chère amie, du rouge !

Mary regardait discrètement la doyenne des juges d'instruction. Madame Guyon, sa petite greffière, ne l'aurait pas reconnue. Ses pommettes s'étaient carminées et ses yeux brillaient d'un éclat que, de mémoire de prévenu, nul n'avait jusqu'alors connu au palais de justice.

Jean-Marie et Yann optèrent pour un café avec le baba au rhum, Mary et la juge préférèrent une tisane digestive.

Le disque s'était tu, minuit sonna à un clocher voisin. Il était temps de se retirer. La juge récupéra son téléphone qui, le temps du repas, s'était rechargé et Yann se proposa pour la reconduire chez elle. Jean-Marie fit la bise à toutes les femmes, et même à celui qu'il appelait son gendre.

Amandine avait desservi et promit qu'elle viendrait ranger tout ça le lendemain.

Chapitre 25

Mary se réveilla tard. En silence, et en femme de parole, Amandine avait fait le grand ménage et il n'y avait plus trace des agapes (bien sages !) de la veille.

Mission accomplie, la « servante au grand cœur » était partie au marché refaire des provisions. Elle n'aimait pas être prise de court et, quand Mary invitait à l'improviste Gertrude et Fortin, mieux valait avoir du répondant. Le marché couvert des halles Saint-François étant à portée de main, elle n'était pas longue, le cas échéant, à refaire ses réserves.

Le pot de café était tenu au chaud, la baguette fraîche, deux croissants et quelques crêpes étaient disposés sur la table avec *Ouest-France* et *le Télégramme*, les quotidiens régionaux. Sans se presser, Mary déjeuna paisiblement en prenant connaissance des nouvelles qui n'avaient pourtant rien d'enthousiasmant : guerre en Ukraine, guerre en Israël, sécheresse en Afrique, inondations catastrophiques en Europe, terrorisme en tout temps sur le sol de France…

Elle repliait les quotidiens en fredonnant avec dérision « tout va très bien, madame la marquise... » lorsque son téléphone sonna. Elle décrocha et reconnut immédiatement la voix de Gertrude.

— Allô, Mary ? Je ne te dérange pas ?

— Pas du tout, Gertrude.

— Je suis avec Fortin. On peut passer te voir ?

— Bien sûr ! Quand voulez-vous ?

— Maintenant ! Nous sommes à ta porte.

— Eh bien, je vais vous ouvrir.

Gertrude et Fortin se tenaient derrière la grosse porte bleue. Quelques effusions plus tard, les trois flics se retrouvèrent dans la véranda. Mary trouva là l'occasion de finir le pot de café et Fortin, celle de se taper quelques crêpes.

— Alors, mes amis, où en sommes-nous ?

— Ben voilà, dit Gertrude, comme la situation était plutôt embrouillée du côté de la banque, j'ai eu l'idée, avec l'aide de Passepoil, d'examiner la liste du personnel.

Mary approuva :

— Bonne idée, en effet ! Et qu'est-ce que ça a donné ?

Gertrude lui présenta une feuille portant une liste de noms.

— Quinze personnes, compta Mary.

— Exact, dit Gertrude. Parmi les connus, il y a Georges Duquesne, directeur, François Labasque, fondé de pouvoir, Sarah Breuil, hôtesse d'accueil, Bertrand Lamandé, agent de sécurité, Ronan Lavanant, agent d'entretien.

— Et les autres ? demanda Mary.

— D'après Passepoil, ce sont des comptables sans histoires, comme il y en a des milliers dans les banques. Alors, j'ai creusé un peu sur les cinq autres. Duquesne, le directeur, prend sa retraite dans un an. Sauf le mauvais accueil qu'il t'a fait sans motif, rien de louche de son côté. Labasque, le fondé de pouvoir, est probablement le type le mieux informé de cet établissement, mais il semble aussi fermé qu'une huître à marée basse. Sarah Breuil, l'hôtesse d'accueil, me paraît trop jolie pour être honnête, mais ça n'est que mon avis. Officiellement, la donzelle n'a rien sur les cornes. Bertrand Lamandé, recruté dans une salle de musculation, est une petite brute avec un pois chiche dans la tête. L'homme de main parfait, tu en as subi les conséquences.

— Un peu ! confirma Mary en faisant prudemment jouer son coude.

— On dirait que ça va mieux, constata Gertrude.

Mary confirma avec un clin d'œil complice.

— Ça va mieux, en effet.

Fortin, qui n'avait rien dit jusque-là, fit entendre un soupir de soulagement.

— Tu vas pouvoir retourner au turbin, alors ?

Elle hocha la tête.

— Dans trois jours !

Croyait-il qu'elle allait sauter dans ses pompes et reprendre immédiatement ses activités ?

— Mon arrêt de travail prend fin lundi, je pointerai donc mardi à neuf heures au commissariat.

Repliant son document, Gertrude fit remarquer :

— Le plus intéressant, à mon avis, est l'agent d'entretien Ronan Lavanant.

— Pourquoi le plus intéressant ? demanda Mary, qui se remémorait cet être falot légèrement bègue.

— À ton avis, à quoi sert un agent d'entretien dans une aussi petite boîte ?

Mary sourit.

— Je lui ai posé la question et il m'a répondu fort logiquement : « À entretenir. » J'ai pensé en moi-même qu'il ne devait pas être écrasé par le boulot.

— D'autant, dit Gertrude, que la banque a un contrat avec une société de nettoyage qui passe toutes les semaines faire le ménage.

Le front de Mary se plissa.

— Ce qui voudrait dire qu'il s'agit là d'un emploi fictif ?

— J'ai toutes les raisons de le penser, mais, à son niveau, ça ne tombe pas sous le coup de la loi. Ce qui m'avait intriguée, c'est l'espèce de garçonnière planquée derrière des cartons au fond de cette cave qui semble être son domaine. Un truc bizarre s'est passé : quand les gars du labo sont arrivés, le local était vide.

— Vide ? s'exclama Mary.

— Ouais, tout avait été nettoyé.

— Par qui ?

Gertrude eut un mouvement d'impuissance.

— Personne ne le sait. Le déménagement a dû avoir lieu entre midi et deux heures.

— Évidemment, tout le monde était parti manger ! fit Mary, dépitée.

— Oui.

— Tiens donc ! Et le vélo ?

— Plus de vélo non plus !

— Eh bien, nous voilà bien avancés !

— Alors, j'ai eu une idée, dit Gertrude. J'ai attendu la sortie des bureaux et j'ai filoché ce curieux agent d'entretien.

— C'est une bonne idée. Qu'est-ce que ça a donné ?

— Il a une piaule en ville, mais apparemment, tous les samedis, il se rend dans le Cap Sizun pour rejoindre son frère.

— Tiens donc… Vous avez obtenu des renseignements à propos de ce frère ?

— Oui, à la mairie. Corentin Lavanant, dit Tintin la Bolée, a un élevage porcin sur la commune.

— Vous l'avez approché ?

— Non, on voulait t'en parler avant.

Mary se sentit soudain des fourmis dans les jambes.

— Je sens qu'il est temps que je guérisse, dit-elle.

*

C'était également l'avis du commissaire Fabien qui l'appela peu de temps après que Gertrude et Fortin eurent quitté la venelle du Pain-Cuit. Il commença par s'enquérir de sa santé et elle le rassura aussitôt.

— Ça va, patron.

Il demanda, sarcastique :

— Vous ne vous ressentez plus de votre entorse du coude ?

— Ça s'améliore tous les jours.

— Parfait ! Vous pourrez donc passer demain matin au commissariat ?

— Ça dépend pourquoi.

Cette réponse dut surprendre le commissaire, car un silence s'installa. Elle précisa :

— Si c'est pour faire des travaux de force, la réponse est non.

— Il ne s'agit pas de cela, et surtout pas de vous faire reprendre le travail avant l'expiration de votre arrêt médical.

— Vous me rassurez. De quoi s'agit-il donc ?

— Les deux délégués de l'IGPN viennent entendre Gertrude et Fortin demain matin à neuf heures. Je pensais que ça vous aurait intéressée.

Elle bondit.

— Et comment ! J'y serai, patron !

— À la bonne heure, dit le commissaire, satisfait. Neuf heures…

— Je n'aurai garde de l'oublier.

*

Dès huit heures trente, elle passa la porte du commissariat et regagna son bureau où Fortin, selon sa bonne habitude, consultait déjà *l'Équipe.*

— Qu'est-ce que tu fous là à cette heure-ci ?

— Je vole à ton secours, mon grand.

— Mon secours ?

Visiblement, Fortin n'était pas au courant du piège que les deux traqueurs de l'IGPN lui avaient tendu. Elle regarda sa montre.

— Il est huit heures quarante, dans vingt minutes, tu vas être convoqué dans le bureau du patron.

Il pâlit.

— Qu'est-ce que j'ai fait ?

— Le commandant Auberlain et son âme damnée…

— Waterman ? dit le grand, tout soudain en alerte rouge.

— Non, Waterman, c'est l'encre, il s'agit du lieutenant Westerman…

— Les bœufs ? Qu'est-ce qu'ils me veulent ?

— Qu'est-ce qu'ils vous veulent, car tu n'es pas seul. Gertrude est également convoquée.

— C'est à propos…

— De notre affaire à la banque, exactement !

— Et toi, tu n'es pas dans le coup ?

— Moi ? Je te rappelle que je suis en arrêt de travail. Le commissaire m'a prévenue afin que je vous prête assistance.

— Pff! s'exclama le grand. Ces deux-là, le jour où je les coincerai dans un coin sombre, ils chanteront moins haut, tu peux me croire.

— Oh, mais je te crois ! Et ensuite, le dimanche, je devrai aller te porter des oranges à la maison d'arrêt de Brest.

Après un silence, elle ajouta :

— Crois-moi, il y a mieux à faire !

Le téléphone sonna avant qu'elle ait eu le temps de lui prodiguer d'autres recommandations qu'un impératif : « Laisse-moi parler. »

Dans le couloir, ils furent rattrapés par Gertrude, qui se demandait, elle aussi, à quoi rimait cette convocation.

En entrant dans le bureau du patron, ils furent bien vite édifiés. Les deux flics de l'IGPN avaient pris place du côté gauche, face au bureau du patron. Sur le côté droit, deux sièges attendaient.

Le commissaire fit mine de s'étonner :

— Ah, vous êtes là, commandant Lester ? Vous n'étiez pas convoquée.

— En effet, monsieur le commissaire, mais je fais usage du droit qui est le mien d'assister des collègues dans ces circonstances.

La tronche du lieutenant Westerman, qui laissait voir une joie mauvaise avant qu'elle ne découvre la présence de Mary Lester, affichait à présent une fureur mal retenue.

Mary s'adressa au commandant Auberlain :

— Voyez-vous quelque inconvénient à ma présence, commandant ?

Auberlain, d'un air ennuyé, dut convenir que non, il n'y avait légalement aucun empêchement à sa présence. Il fit cependant remarquer d'une élocution lente :

— Il me semblait que vous étiez en arrêt de travail, commandant Lester.

— Mais je le suis toujours, Monsieur.

Westerman bondit.

— Alors, qu'est-ce que vous foutez là ?

Mary regarda Auberlain d'un air navré.

— Le lieutenant Westerman n'a pas amélioré son vocabulaire depuis la dernière fois que j'ai eu le plaisir de la voir. Pour le prestige de la police, permettez-moi de vous dire que c'est bien dommage ! Ce que je fous là, comme vous dites si élégamment, ça s'appelle témoigner. C'est une démarche civique.

Ça ne calma pas le lieutenant Westerman.

— Vous ne connaissez même pas l'objet de cette comparution !

— Oh que si ! assura Mary d'une voix calme.

Westerman siffla :

— Je croyais que cette comparution ne devait pas être ébruitée.

Là, elle visait le commissaire Fabien qui, impavide, répondit abruptement :

— Elle ne l'a pas été, assura-t-il sans ciller, rien n'a paru dans les médias.

Là, il ne mentait pas. Mary lança :

— Je vois que vous préférez toujours perpétrer vos mauvais coups dans l'ombre…

Auberlain crut devoir intervenir :

— Je ne vous permets pas, commandant !

Elle leva les mains en signe de reddition.

— Soit, alors, qu'est-ce que vous me permettez ?

Auberlain regarda Fabien.

— Auriez-vous l'obligeance de faire sortir le commandant Lester ?

Le patron répondit sèchement :

— Non. Le commandant Lester a toute sa place parmi nous.

Auberlain regimba :

— Ah, c'est comme ça…

Fabien ne lui laissa pas le temps de développer sa pensée. Il coupa net :

— C'est comme ça ! Vous êtes ici dans mon commissariat et personne d'autre que moi ne dictera ses règles. En assistant ses collègues, le commandant Lester n'en transgresse aucune.

Auberlain amorça un mouvement de révolte qu'il réprima bien vite. Puis il baissa la tête, parut se résigner, et Fabien demanda :

— Quels sont les chefs d'accusation ?

Auberlain répondit d'une voix sourde :

— Le lieutenant Le Quintrec est accusé d'avoir brutalisé l'agent de sécurité de la banque…

— C'est faux ! articula Mary.

Westerman esquissa un mauvais sourire en précisant :

— Monsieur Bertrand Lamandé a produit un certificat médical faisant état d'un arrêt de travail de quatre jours.

— Aurait-il été frappé ? demanda Mary.

— Jeté à terre et maltraité, dit Westerman.

— C'est faux ! assena Mary.

— Facile à dire, fit Westerman, sûre de son fait.

— Vous y étiez ? demanda Mary.

— Non, mais…

— Non, mais quoi ? Moi, j'y étais et c'est même moi qui ai requis l'assistance du lieutenant Le Quintrec et du capitaine Fortin.

— Il n'y a pas de quoi se vanter, grinça Westerman.

— Que si ! dit Mary. Prendre un envoyé de l'IGPN en flagrant délit de mensonge…

Et, avant que les bœuf-carottes aient eu le temps de protester, elle s'adressa à son patron :

— Monsieur le commissaire, en tant que directrice d'enquête sur l'affaire de meurtre qui nous a amenés à enquêter à la banque Financière celtique, je vous ai fourni un rapport détaillé sur cette intervention de mon équipe. Je vous suggère de fournir une copie de ce rapport au commandant Auberlain afin qu'il en prenne connaissance avant une autre comparution.

— Je proteste ! s'offusqua Westerman en se levant brusquement. C'est une entrave caractérisée de notre mission.

— Il n'y aura pas d'entrave, affirma Mary avec assurance. Je suis convoquée au tribunal après-demain à quatorze heures par la juge d'instruction Laurier, justement à propos de cette affaire. Donc, pour l'instant, et dans l'attente de la décision de justice, je propose qu'on en reste là.

— Bien, fit le commissaire Fabien en se levant, puisqu'on en reste là, Mesdames, Messieurs, la séance est levée.

S'adressant au commandant Auberlain, il ajouta :

— Commandant, je vous propose, si c'est possible, d'assister à l'audience du tribunal après-demain à quatorze heures au palais de justice.

Maussade, le commandant rangea ses papiers dans sa serviette et salua Fabien :

— Bien, monsieur le divisionnaire, nous y serons.

Il quitta le bureau, Westerman, dont les yeux lançaient des éclairs, sur les talons.

Mary glissa au commissaire :

— Je pense que nous pouvons libérer le capitaine Fortin et le lieutenant Le Quintrec, ils ont une enquête à poursuivre.

Restée seule avec le patron, Mary reprit place sur sa chaise devant le bureau de Fabien qui paraissait bien troublé :

— Vous ne manquez pas d'air, dit-il à Mary. Pensez-vous que madame Laurier permettra à l'IGPN d'assister à cette comparution ?

— J'en suis persuadée, si c'est vous qui le lui demandez, patron, affirma-t-elle sans pouvoir retenir un demi-sourire qui irrita Fabien.

— Mais comment vais-je lui présenter ça? s'inquiéta-t-il en rosissant un peu.

— Dites-lui que c'est nécessaire à l'expression de la vérité.

— Ouais, soupira Fabien, mal convaincu. Que ne faut-il pas faire pour obtenir l'expression de la vérité ?

Il leva les yeux sur Mary et soupira une nouvelle fois.

— Pff, vous me faites faire un drôle de métier, Mary Lester. Enfin, on va essayer…

Chapitre 26

La voiture de Mary roulait lentement vers la pointe du Raz, ce promontoire rocheux qui, depuis des temps immémoriaux, défie les houles folles de l'Atlantique.

À quelques encablures se dressait une massive construction de granit campée sur un îlot de rocs, le phare de la Vieille, dont le puissant faisceau lumineux rappelait aux marins la grande dangerosité de l'endroit.

La mer, qui savait être terrible dans ses colères, était caressée en ce jour par de longues vagues débonnaires crêtées de blanc, qui se brisaient avec fracas sur une longue plage de sable d'or. Les flots, couleur d'émeraude au bord de l'estran, se fonçaient progressivement en un vert plus sombre dès qu'on s'éloignait de la côte pour devenir bleu marine, puis presque noirs là-bas, sous l'horizon. Dans l'impossibilité de définir la couleur de la mer, toujours changeante, les Bretons avaient fini par décider qu'elle était *glaz*, c'est-à-dire ni bleue ni verte, tout en étant les deux, suivant les circonstances qui étaient la luminosité du ciel, la couleur et l'épaisseur des nuages.

Même Gertrude, impassible au volant, semblait subjuguée par le spectacle grandiose de cette baie au nom funèbre. Eh oui, on était bien devant la baie des Trépassés. C'était sur cette plage que, selon la légende, venaient s'échouer les corps des audacieux qui avaient osé défier le terrible raz de Sein. Et devant cette plage qu'avait été repêché le corps de la jeune fille…

De loin en loin, on apercevait une modeste maison de pêcheur blottie au fond de son courtil abrité des vents de la mer par des murets de pierres sèches. Ici, du linge séchait au vent, là, un jardinier soignait ses sillons ou taillait ses espaliers adossés au mur qui les soutenait et les abritait des vents mauvais.

La ferme de Corentin Lavanant était de bien modestes dimensions auprès des exploitations d'élevage de l'intérieur des terres : une maison traditionnelle au toit d'ardoises et deux bâtiments de brique couverts d'Éverite ondulée, l'un abritant un tracteur rouge et divers instruments aratoires. Des sacs d'aliments pour bétail s'entassaient contre un des murs.

— Voilà, c'est ici, dit Gertrude en arrêtant la voiture à quelque distance de l'entrée de la cour.

Mary ouvrit sa portière et une odeur prégnante portée par le vent envahit l'habitacle.

— Bon Dieu, que ça fouette ! s'exclama Gertrude.

— Ça sent le cochon, dit Mary qui avait reconnu les effluves qui dominaient dans l'élevage du père Abiven à Plouër-sur-Rance[18].

---

18. Voir Forces noires, *même auteur, même collection.*

L'exploitation du père Abiven était d'une autre importance que celle de Corentin Lavanant, mais l'odeur était la même. Ici, sur le bord de mer, la brise du large devait se charger de repousser cette puanteur qui incommodait tant Gertrude. Elle demanda, impatiente :

— Qu'est-ce qu'on fait ?

Après un instant d'hésitation, Mary décida :

— On va à la mairie… mais, avant, je vais jeter un œil dans ces hangars.

Outre le tracteur étaient entreposés là des accessoires de motoculture, charrue, herse, rouleau à briser les mottes et… un vélo. Un vieux vélo noir de marque Gitane, avec un panier fixé sur le porte-bagages.

Mary prit une photo de la bécane et revint vivement à la voiture. Elle s'installa et assena à Gertrude :

— Banco, ma grande ! Tu as eu le nez creux. Devine sur quoi je suis tombée…

Gertrude la fixa.

— J'sais pas, moi !

— Sur la bécane d'Aude Larmenciel. Il va falloir que Tintin Lavanant m'explique ce qu'elle fait là !

— Allez, on file à la mairie !

Gertrude avait calqué son attitude sur celle de Fortin : elle ne perdait pas de temps à demander les raisons qui fulguraient par moments dans le crâne du commandant Lester. Elle s'exécuta sans mot dire et n'eut pas à rouler longtemps. Elle gara la voiture devant la construction contemporaine qui abritait la mairie et le bureau de poste.

Mary entra et s'adressa à la jeune fille qui se tenait à l'accueil et qui la regardait avec curiosité :

— Bonjour, Mademoiselle, j'aurais souhaité rencontrer monsieur le maire…

— Je vais voir s'il est là, dit la jeune fille en décrochant son téléphone. Vous avez rendez-vous ?

— Pas du tout, c'est juste pour lui demander quelques renseignements.

Sans quitter Mary des yeux, la jeune femme échangea trois mots avec son interlocuteur, raccrocha et se leva. Avec un bon sourire, elle dit aux deux femmes :

— Si vous voulez bien me suivre…

Elle les entraîna jusqu'au fond d'un couloir, frappa à une porte et l'ouvrit. Puis, quand les deux femmes furent entrées dans la pièce, elle s'effaça et referma la porte. Le maire, un quinquagénaire au front dégarni, les salua :

— Mesdames…

Mary lui rendit son salut en lui tendant la main.

— Bonjour, monsieur le maire. Merci de nous recevoir ainsi de façon impromptue…

Elle sortit sa carte.

— Je suis le commandant Lester de la police nationale et voici le lieutenant Le Quintrec, mon assistante.

— La police ? demanda le maire en se rasseyant.

Son front s'était rembruni ; visiblement, il se demandait ce qui allait lui tomber dessus.

Mary le rassura :

— J'enquête sur une disparition et j'ai été amenée à m'intéresser à un certain Ronan Lavanant qui serait originaire de la commune.

— Il y a un fermier qui porte ce nom, reconnut le maire. Corentin Lavanant de la ferme de Ty Coat.

— Ce serait en effet le frère de Ronan Lavanant, dit Mary.

— Qu'a donc fait Ronan ? demanda le maire.

— Rien de mal à ma connaissance, mais il semble

avoir été le dernier, ou un des derniers, à avoir vu la disparue. Mais… il semble que vous le connaissiez bien.

— Nous sommes dans un village, commandant, ici, tout le monde se connaît. Et cette disparue s'appelle ?

— Aude Larmenciel. Ce nom ne vous dit rien ?

Le maire secoua la tête négativement.

— Rien !

— Ronan Lavanant rend visite à son frère régulièrement…

— En effet, il prend souvent l'apéritif au Bar des Embruns le dimanche. C'est un enfant du pays qui travaille à Quimper. Il travaille dans une banque importante, n'est-ce pas ?

— Exact, confirma Mary.

— Il a gardé de nombreux amis d'enfance au pays et il n'est pas fier, en dépit de la belle situation qui est la sienne.

Tu parles d'une belle situation ! pensa Mary.

— Son frère Corentin a un élevage de porcs, c'est bien ça ?

— C'est ça.

Il sourit.

— C'est un administré sans problème, qui a connu des moments difficiles. Sa femme l'a quitté et il est revenu vivre avec sa mère.

— Sa mère vit toujours ?

— Oui, c'est une maîtresse femme, au caractère bien affirmé, une vraie femme du Cap !

— Vous-même, vous êtes du Cap ?

Il rit.

— Oui, « né natif », comme on dit. J'étais dans la marine et j'ai pu prendre ma retraite assez tôt.

— Et vous avez été élu maire.

— Ouais.

Il regarda Mary en riant.

— Même dans un petit bourg, ça occupe, vous savez !

— Mais quand on est un gars du pays, ça doit simplifier les choses.

— Avec les indigènes, oui, mais il y en a d'autres…

Il secoua la main pour indiquer qu'avec ces autres, ce n'était pas de la tarte, comme aurait dit Fortin. Mary sourit à son tour.

— Vous avez donc aussi des clients difficiles ?

— Comme partout, dit le maire. Surtout avec les hors venus.

Comme s'il craignait que Mary ne comprenne pas, il ajouta :

— Les gens de la ville, quoi. Ils viennent soi-disant chercher une vie plus paisible plus près de la nature et, sitôt installés, ils pestent contre les cloches qui sonnent, les coqs qui chantent tôt le matin et, puisqu'on parle de Corentin, il paraît que ses cochons sentent mauvais !

Mary aurait pu confirmer, mais elle ne dit rien. Le maire eut un mouvement d'impatience.

— Que viennent-ils faire à la campagne s'ils n'en supportent ni le bruit ni les odeurs ?

— Corentin Lavanant a des problèmes de cet ordre ?

— Il en a eu. Un couple de retraités s'était installé dans une petite ferme située sous le vent de Ty Coat. Or, ici, les vents soufflent le plus souvent de la mer, c'est-à-dire de l'ouest. Bref, ce monsieur Le Dérout a enjoint par huissier à Corentin Lavanant de faire cesser ces nuisances olfactives. Comment voulez-vous qu'elles cessent, ces nuisances, sinon en arrêtant un élevage que les Lavanant exploitent depuis trois générations ?

— Il y a eu procès ? demanda Mary.

— Non, ça n'est pas allé jusque-là. Ils se sont bien engueulés, et les gendarmes ont dû intervenir deux ou trois fois, car Le Dérout en question était haut en gueule et, si Corentin était dominé en jactance, il a en revanche la tête près du bonnet et le coup de poing facile. Fort de son droit d'ancienneté, il était prêt à régler l'affaire à la régulière. Heureusement, la venue des gendarmes l'a calmé.

— Et la querelle s'est apaisée ?

— Non. Ronan a dû faire jouer ses relations et tout s'est arrêté, ce qui m'a étonné, car le bonhomme Le Dérout n'était pas un type à lâcher le morceau. À mon avis, sa femme a dû lui faire entendre raison, car le couple est allé planter ses choux ailleurs et on n'en a plus entendu parler.

Mary s'étonna.

— Même vous, le maire ?

— C'est que môssieur Le Dérout m'avait retiré le bonjour, comme disent les Provençaux. Il m'ignorait, car j'avais tenté de désamorcer la querelle en lui faisant valoir que s'il s'était installé près d'une ferme, et qu'il lui fallait bien en subir quelques inconvénients.

— Et leur maison ?

— Ils l'ont fermée et cloué des planches en travers des portes et fenêtres pour éviter les squatteurs. Je suppose qu'ils l'ont mise en vente, mais, compte tenu des nuisances, à ce jour, il n'y a pas eu d'acquéreur.

Mary hocha la tête.

— Il est comment, ce Corentin Lavanant ?

— Vous ne le connaissez pas ?

Mary secoua la tête.

— Non. Nous sommes passées devant sa ferme, mais nous n'avons vu personne. Il vit donc avec sa mère ?

— Oui, c'est un vieux gars auquel le mariage n'a pas réussi.

— Vous le connaissez bien ?

— Nous avons été à la communale ensemble. Il travaille beaucoup, il cause peu et sa distraction principale est la partie de galoche le dimanche après-midi, place de l'Église.

— Son frère y joue également ?

— Oui. Il est là presque tous les dimanches.

— Il est célibataire également, je crois ?

— Tout à fait. Mais c'est un bon fils qui vient voir sa mère et son frère presque chaque semaine.

— Est-il d'abord facile ? demanda Mary.

— Tintin ? Oh, oui ! Mais je ne vous souhaite pas de tomber sur la mère.

Mary se leva.

— Eh bien, monsieur le maire, un homme averti en vaut deux et je pense que ça vaut pour les femmes aussi.

— Assurément, fit le maire en souriant.

Mary lui tendit la main.

— Il me reste à vous remercier…

Le maire se leva à son tour.

— Je vous en prie. Je crains que le peu que j'ai pu vous dire ne soit pas d'une grande utilité.

— Bah, dit Mary, c'est toujours mieux que rien et c'est très aimable à vous de nous avoir reçues. J'espère que nous n'avons pas abusé de votre temps.

Le maire eut un geste de la main vers le plafond.

— Si personne n'abusait plus que ça, ce serait le paradis. Bonne chance pour la suite de votre enquête !

Chapitre 27

Elles repassèrent par Ty Coat. Une voiture était maintenant garée dans la cour de la ferme, une vieille camionnette 403 Peugeot qui avait dû être bâchée à sa sortie d'usine, mais, de cette protection, il ne subsistait plus que les arceaux. Le véhicule devait bien avoir un demi-siècle d'âge.

Mary sortit de sa voiture et entra dans la cour de la ferme. La porte de la maison s'ouvrit en grinçant, un homme en sortit et vint vers Mary. Il portait une combinaison de travail verte avec de grandes fermetures blanches et était chaussé de bottes vertes également. Coiffé d'une casquette de velours râpé, il regardait Mary d'un air suspicieux.

Mary le salua aimablement.

— Bonjour, monsieur Lavanant!

Le visage du bonhomme se rembrunit.

— On s'connaît?

— Pas encore, mais je connais votre frère Ronan.

— Ah, vous êtes de Quimper?

— Oui.

Elle sortit sa carte.

— Commandant de police Lester et voici mon assistante, le lieutenant Le Quintrec.

Le bonhomme recula, méfiant.

— La police ? Mais qu'est-ce que j'ai fait ?

— Pas grand-chose, mais vous détenez actuellement le vélo d'une jeune femme qui a disparu et dont je cherche la trace.

— Ah, la vieille bécane ?

Le fermier fut soulagé.

— Elle est là, dans « l'hangar ».

— C'est votre frère qui vous l'a apportée ?

— Oui. Il travaille dans une banque à Quimper et le directeur a fait vider la cave. Tout devait partir à la décharge.

— Mais Ronan n'a pas voulu jeter cette bécane, dit Mary. Savez-vous pourquoi ?

— Parce que, par chez nous, on n'aime pas jeter des choses qui peuvent encore servir.

— Ronan comptait l'utiliser ?

— Non ! Il m'a dit qu'elle appartenait à une jeune fille qui l'utilisait pour venir au boulot.

— À la banque ?

— Oui, elle y faisait parfois des remplacements.

— Il vous a dit aussi qu'elle avait disparu ?

— Oui.

— Il ne vous a pas dit où elle allait ?

— Il n'en savait rien et il a pensé que, quand elle reviendrait, elle serait heureuse de la retrouver. Il paraît qu'elle y tenait beaucoup.

Il hésita et ajouta :

— Il ne l'a pas volée, vous savez… Seulement, comme il ne pouvait pas la garder dans son appartement, il l'a stockée ici, où on a toute la place qu'on veut.

Comme Mary ne disait rien, il ajouta :

— Mais vous pouvez la reprendre si vous voulez !

— Non, merci, dit Mary, je pense qu'elle est bien plus en sécurité chez vous. Gardez-la bien, c'est une pièce à conviction !

Tintin regarda Mary avec de grands yeux ahuris. Une pièce à conviction ? Non, ce n'était qu'une vieille bécane !

— Sûr, dit le fermier, personne ne viendra la chercher ici et la petite dame sera bien contente de la trouver quand elle reviendra !

Ce fut à Mary de le regarder avec stupéfaction.

— Vous pensez qu'elle reviendra ?

— Bien sûr, dit Tintin avec conviction, le frangin me dira quand.

Il était temps de changer de sujet. Elle demanda :

— Vous travaillez seul sur cette exploitation ?

— Oui !

— Vous ne devez pas vous ennuyer, dit-elle, admirative.

— Dame, non, il y a de quoi faire !

— Vous y arrivez ?

— Ouais, quand il y a des coups de bourre, j'embauche un gars ou deux à la journée.

— Votre mère vous donne un coup de main ?

— À la ferme ? Non, pensez, elle va sur ses quatre-vingts ans. Elle s'occupe de la maison, c'est déjà pas mal.

— Vous avez combien de pensionnaires ?

— Vous voulez dire de cochons ?

— Oui.

— Une cinquantaine…

Il montra l'autre bâtiment.

— Ils sont là-dedans.

— D'ordinaire, les élevages porcins sont plus importants que ça.

— J'en sais quelque chose! dit le fermier. J'ai eu, moi aussi, cette folie des grandeurs. J'avais près de mille porcs.

— Et ça n'a pas marché?

— Si, au début, ça gagnait bien, mais après on s'est mis à importer des porcs de Chine, de Roumanie et je ne sais plus d'où, nourris on ne sait comment, bourrés de toutes sortes de vaccins, maltraités… Ça ne pouvait pas faire de la bonne viande. Mais les supermarchés se fichent bien de la qualité de la viande, du moment que c'est moins cher. Les prix, c'est tout ce qui les intéresse. Alors, les cours se sont effondrés, je ne pouvais plus payer mes gars, rembourser la banque. J'ai été déclaré en faillite. Mon matériel a été vendu, les bâtiments aussi et ma femme a foutu le camp. J'ai failli me suicider, j'avais sombré dans la piquette et c'est Ronan qui m'a tiré de là. Le père était mort, alors je suis revenu vivre avec la mère.

Les yeux dans le vague, il laissa passer un long silence que Mary n'osa pas rompre. Il reprit:

— C'est la mère qui m'a remis en selle. Un jour, elle est rentrée de Châteaulin avec six petits cochons. Moi, je ne pouvais plus voir les cochons, je les rendais responsables de ma déchéance. La mère les a élevés sur la paille, nourris au son, à l'ancienne, quoi. Moi, je ne voulais pas y toucher, mais la mère se fatiguait trop. Alors, je m'y suis remis. Quand ils ont été assez grands, on en a tué un et invité les voisins pour une *fest an oc'h*[19]. Et là, tout le monde m'a dit qu'il y avait

19. *Fête du cochon.*

bien longtemps que l'on n'avait pas mangé de si bon cochon.

Ensuite, les voisins m'ont acheté les cinq qui restaient et la mère a repris six autres porcelets. C'est comme ça que j'ai redémarré. Le bouche-à-oreille… Le charcutier du bourg ne voulait plus d'autres cochons que ceux de Ty Coat, quelques grands restaurants aussi, et puis il y a les particuliers qui viennent se ravitailler en direct.

Il rit.

— Je ne travaille plus aussi dur, je gagne bien ma vie et je ne suis plus emmerdé par les contrôleurs de la chambre d'agriculture.

— Vous n'êtes plus contrôlé ?

Une lueur farouche passa dans les yeux du fermier.

— Ah, ces salauds, vaudrait mieux pas qu'ils approchent s'ils ne veulent pas tâter du fer de ma fourche !

Mary rit à son tour.

— Eh bien… Vous allez bientôt vous acheter une autre voiture, alors.

Le fermier s'indigna.

— Pourquoi voulez-vous ? Celle-là marche très bien !

Gertrude, qui avait suivi la conversation, s'approcha :

— Dites-moi, monsieur Lavanant, vous n'auriez pas un bon quartier de porc à me vendre ? J'ai suivi votre conversation de loin et je dois avouer que ça m'a donné faim.

Il considéra les deux femmes et décida :

— Mais si, bien sûr. V'nez donc par là, la mère va vous trouver ça.

La mère, une grande femme osseuse au regard farouche, avait considéré les deux femmes avec méfiance. Mais après que Mary eut échangé quelques mots en breton avec elle, elle se détendit.

Gertrude acheta un beau quartier de cochon, du boudin noir fait à la ferme, des chapelets de saucisses, superbes marchandises qui finiraient dans le congélateur de sa mère.

À la prochaine réunion de famille chez les Le Quintrec, les ogres auraient de quoi se régaler. Elles quittèrent la ferme sous des bénédictions.

Chapitre 28

Vint le temps de comparaître devant madame la juge Laurier qui avait accepté que les deux enquêteurs de l'IGPN assistent à l'audition contradictoire sous réserve qu'ils n'interviennent pas dans le débat.

Le commandant Auberlain et son âme damnée, le lieutenant Westerman, s'entretenaient à voix basse, en cachant leur bouche de leur main par crainte d'être entendus par la partie adverse. Celle-ci comptait quatre personnes, le capitaine Fortin, le lieutenant Le Quintrec, le commissaire divisionnaire Fabien et Mary Lester qui, pour la circonstance, avait le bras gauche maintenu dans une attelle imposante, assistée de son conseil, maître Pointu. Il y avait une autre partie, celle des plaignants, c'est-à-dire la banque : le vigile Lamandé, le directeur Duquesne, l'hôtesse d'accueil Sarah Breuil et leur avocat, maître Pelaud, un grand type maigre qui portait de longues chaussures noires à bouts pointus.

La juge avait fait apporter des sièges supplémentaires et chaque groupe s'installa par affinités.

— Bien, dit la juge, nous allons donc instruire les plaintes déposées par maître Pelaud au nom de la Financière celtique contre la police de Quimper pour intrusion avec violence dans les locaux de la banque à Quimper.

— Rien que ça… murmura Mary.

— Qu'est-ce que vous marmonnez ? demanda la juge.

— Rien que ça… Je disais : rien que ça !

— Oh, il y a mieux ! Une autre plainte concerne le lieutenant Le Quintrec qui se serait livrée à des voies de fait sur le sieur Lamandé.

— Monsieur Lamandé pourrait-il nous éclairer sur ces prétendues violences ? demanda Mary.

Maître Pelaud se leva brusquement.

— On ne parle pas de « prétendues » violences, commandant, mon client a été examiné par un médecin qui lui a prescrit un arrêt de travail.

Cet avertissement ne découragea pas Mary Lester.

— Eh bien, alors, qu'il nous raconte comment s'est passée cette scène.

Le Lamandé en question était dans ses petits souliers. Il jeta un regard de détresse à son avocat qui l'encouragea d'un geste énergique.

Alors, il se lança :

— Ben, voilà, cette personne – il montrait du doigt Mary Lester – avait forcé la porte de monsieur Duquesne…

La juge le contra sévèrement :

— Cette personne, comme vous dites, est le commandant Lester, vous n'avez pas à la montrer du doigt !

Cette intervention avait déstabilisé Lamandé, qui bredouilla :

— Cette… je veux dire le commandant Lester avait forcé la porte de monsieur Duquesne…

— De quelle manière, Monsieur ? demanda la juge d'une voix glaciale.

— Euh… elle était entrée sans y avoir été invitée.

— Ça ne s'appelle pas forcer une porte, jeune homme. Tout au plus pourrait-on taxer le commandant Lester de mauvaises manières. C'est déplorable, je vous l'accorde, mais ce n'est pas encore puni par la loi.

Tel un poisson échoué sur une plage, Lamandé ouvrait et fermait la bouche sans qu'il en sorte le moindre son, en cherchant son avocat du regard. Celui-ci, l'œil furieux, lui intima du geste de poursuivre, ce qu'il fit en bredouillant :

— Sur ordre de monsieur Duquesne, je l'ai mise une première fois à la porte, mais elle est revenue avec ces deux-là.

Cette fois, il désignait de la main Gertrude et Fortin. La juge rectifia une nouvelle fois :

— Vous voulez dire avec le lieutenant Le Quintrec et le capitaine Fortin.

— Oui, madame la juge.

— Combien de temps après ?

Lamandé haussa les épaules.

— Peut-être une heure…

Mary intervint :

— Permettez, madame la juge, monsieur Lamandé a oublié de dire que, lors de cette seconde intervention, et avant toute chose, je lui ai présenté la commission rogatoire signée du juge Le Gallou.

La juge regarda Lamandé d'un air sévère.

— Est-ce exact, monsieur Lamandé ?

— Bouh, dit Lamandé, affolé, j'me souviens plus.

— Moi, je me souviens, assura Mary, vous m'avez dit avec un geste menaçant : « J'en ai rien à foutre de ton torche-cul, pétasse. » Sauf votre respect, madame la juge, je cite.

— Vous avez réellement dit ça, Lamandé ?

— Bouh, pleurnicha le vigile, j'me souviens plus.

— Vous ne vous souvenez plus non plus que vous avez voulu m'arracher le document ?

Mary leva la tête vers la juge.

— Voyant que j'allais de nouveau me faire brutaliser, le lieutenant Le Quintrec s'est interposé et a neutralisé monsieur Lamandé.

La juge revint vers lui.

— C'est bien comme ça que ça s'est passé, monsieur Lamandé ?

— J'sais pas, j'sais plus… J'ai voulu m'opposer à son intrusion et celle-là…

— Vous voulez dire le lieutenant Le Quintrec ?

— Oui, madame la juge, elle m'a projeté à terre et m'a enchaîné au tuyau du chauffage.

— Vous occasionnant des blessures qui ont nécessité quatre jours d'arrêt de travail. Est-ce bien ainsi que ça s'est passé, madame Breuil ? Vous étiez au tout premier plan pour assister à cette scène.

— Euh, oui, dit l'hôtesse d'accueil.

La juge rajouta :

— Je vous rappelle que vous déposez sous serment devant la justice de votre pays. Ça s'est vraiment passé comme ça ?

Affolée, cherchant du secours, son regard croisa celui de maître Pelaud qui l'incita d'un coup de tête impérieux à confirmer sa déposition.

Elle balbutia :

— Ben, oui… je crois…

— Voilà une version des faits qui diffère du récit que nous venons d'entendre.

— Évidemment ! s'exclama l'avocat longiligne avec une moue de dépit.

— Le commandant Lester, munie d'une commission rogatoire en bonne et due forme, s'est présentée à fin d'enquête et s'est fait rejeter brutalement. Ce sont les faits, maître !

— Certes, selon les dires du commandant Lester, madame la juge.

Maître Pelaud déploya sa longue silhouette et vint se poster devant Mary.

— C'est une belle histoire que vous nous contez là, commandant. Cependant, c'est votre parole contre la nôtre, il me semble.

— J'ai des témoins, riposta Mary.

L'avocat se permit un rire lugubre.

— Monsieur Fortin et madame Le Quintrec, sans doute. Je les récuse, madame la juge, ces deux personnes sont sous les ordres du commandant Lester au commissariat de Quimper.

— De la même manière, je peux récuser le témoignage de madame Breuil, qui est elle aussi salariée de la Financière celtique.

— Voilà, dit ironiquement maître Pelaud, il n'y a pas de témoin dont l'impartialité soit irrécusable.

Mary s'adressa à la juge :

— Madame la juge, il y a pourtant, dans l'enceinte de ce tribunal, une personne qui ne pourra pas, je crois, être suspectée de partialité.

La juge la contempla d'un air sévère.

— Dans ce cas, cessez de tergiverser, nommez-la !

— D'accord, dit Mary. Je vous demande d'appeler le juge Le Gallou.

Il y eut un temps de silence absolu tant cette requête était surprenante. La mère Laurier finit par rompre ce silence :

— Le juge Le Gallou ? Celui qui vous a délivré la commission rogatoire ?

— Lui-même. Voyez-vous, le juge Le Gallou a d'abord été surpris qu'un officier de police vienne directement au tribunal pour réclamer ce document. Quand je lui ai expliqué mes raisons, il a compris le caractère d'urgence qui me faisait agir et il a décidé de nous accompagner à la banque.

— C'est contraire à tous les usages ! s'exclama l'avocat aux souliers pointus.

— Je ne crois pas, mon cher maître, répondit Mary en souriant. Lors d'une enquête qui m'a menée à La Baule avec mes équipiers Fortin et Le Quintrec, nous avons été amenés à prendre d'assaut une maison où des innocents étaient séquestrés et en péril de vie[20]. Pour l'occasion, monsieur Moreau, procureur de la République de Nantes, nous a accompagnés en première ligne et les otages ont été libérés sans dommages.

Madame Laurier paraissait bien embarrassée. Elle finit par dire :

— C'est là un élément nouveau. Je verrai mon collègue Le Gallou et monsieur le procureur. Ensemble, nous définirons la suite qu'il y aura à donner.

Elle se redressa et déclara :

— La séance est levée.

Les quatre flics regagnèrent le commissariat en silence. Fabien retint Mary dans son bureau.

— Vous alors, vous êtes gonflée ! Vous n'auriez pas pu le dire avant que vous aviez cet atout dans la manche ?

---

20. *Voir* État de siège pour Mary Lester, *même auteur, même collection.*

— Si, j'aurais pu, mais je n'ai pas voulu.

— Et pourquoi? Nous aurions évité tous ces déplacements.

— Certes, mais je n'aurais pas eu le plaisir d'entendre madame Breuil faire un faux témoignage devant le tribunal. Ça m'étonnerait que la juge Laurier laisse passer ça.

— Vous êtes une rancunière, Mary Lester.

— En certaines circonstances, oui.

Ils longeaient l'Odet en remontant vers le commissariat.

Elle fit remarquer au patron:

— Tiens, on dirait que les bœuf-carottes ont décroché.

— On ne va pas s'en plaindre, fit Fabien. J'espère qu'à présent, ils vont nous lâcher. Sur ce coup-là, je pense que oui. Mais ne vous reposez pas trop sur cette petite victoire. N'oubliez pas la disparue.

— N'ayez crainte, je n'oublie pas.

— Et cet indice qui vous avait menée jusqu'à la Financière celtique?

— Je l'ai suivi jusqu'à Plogoff…

— Plogoff? Pourquoi Plogoff?

— Parce que j'avais retrouvé le vélo d'Aude Larmenciel dans le sous-sol de la banque. J'avais demandé qu'on y pose des scellés, mais avant que j'aie pu le récupérer, ce sous-sol a été entièrement vidé et soigneusement nettoyé.

— Et malgré ça…

— Quand les scellés ont été posés, toute la cave avait été vidée.

— Ça veut dire que dès que vous avez tourné les talons, les déménageurs se sont mis à l'œuvre.

— Je le crains, Monsieur…

— Si bien que quand la scientifique est arrivée, elle a posé des scellés sur des locaux vides.

Mary soupira :

— Eh oui…

— Et le vélo…

— J'ai retrouvé le vélo !

— Que ne le disiez-vous ! Où ça ?

— À Plogoff, justement !

— Par quel miracle ?

— Le miracle s'appelle Gertrude Le Quintrec, patron. Cette fille a du flair ! L'agent d'entretien était le seul à avoir la clef du sous-sol. Alors, elle a eu l'idée de le suivre après son travail. Il habite un studio en centre-ville, mais, toutes les fins de semaine, il va rendre visite à sa mère et à son frère qui tiennent une petite ferme à Plogoff. Comme elle n'avait pas voulu intervenir en mon absence, nous y sommes retournées toutes les deux. La ferme étant déserte, je me suis risquée à visiter un hangar ouvert à tout vent, qui abrite les machines agricoles. Et là, il n'y avait pas que des tracteurs, il y avait également un vélo.

— Le vélo de la disparue ?

— Indubitablement. Il n'y a pas à s'y tromper, il ne doit pas y en avoir deux comme ça dans tout le département.

— Et où est-il maintenant, ce vélo ?

— Toujours à Plogoff. Dans une ferme nommée Ty Coat, à la sortie du bourg.

— Vous n'avez pas peur qu'il disparaisse de nouveau ?

— Non. J'ai rencontré le maire de Plogoff, un type charmant qui m'a donné quelques enseignements intéressants sur ce Corentin Lavanant. Ensuite, je suis retournée à la ferme où j'ai enfin rencontré le propriétaire des lieux qui m'a expliqué que son frère Ronan travaille dans une banque à Quimper. Son patron lui avait ordonné de débarrasser les sous-sols du bâtiment des vieilleries qui s'y entassaient. Parmi celles-ci, il y avait le vélo, mais dans le hangar de Ty Coat. Il s'est vigoureusement défendu de l'avoir volé ; il a prétendu l'avoir préservé, car la jeune fille à qui il appartient serait bien contente de le retrouver à son retour. Je n'ai pas voulu insister, car ce Corentin ne m'a pas l'air d'avoir inventé la poudre et je me réserve le droit d'interroger le grand frère plus sérieusement au commissariat.

Le commissaire soupira.

— Tout ça ne nous mène pas loin.

— En effet, reconnut Mary.

Chapitre 29

Dans la salle d'interrogatoire, Ronan Lavanant n'en menait pas large. Recroquevillé sur sa chaise, il attendait, le cœur tordu d'angoisse.

La présence de Gertrude campée devant la porte, les bras croisés, ne présageait rien de bon. Il avait vu, de ses yeux vu, ce petit crâneur de Bertrand Lamandé, qui aimait tant rouler des épaules devant Sarah Breuil, se faire étaler par cette fille et menotter avec une aisance confondante.

D'instinct, il savait qu'il fallait s'en méfier, mais celle qu'il redoutait le plus, c'était bien cette jeune femme commandant à qui les deux mastodontes qu'étaient le lieutenant Le Quintrec et le capitaine Fortin obéissaient au doigt et à l'œil.

Justement, elle entra dans la salle, un dossier sous le bras, Fortin et Gertrude sur les talons. Le capitaine s'installa dans son dos et le commandant Lester se posa juste en face de Lavanant, la table de bois verni les séparant.

Lavanant tenta de se retourner pour voir où était le colosse, mais il ne vit que son ombre et entendit sa douce voix :

— Ne te tortille pas comme ça, Ronan, tu vas te faire un torticolis. N'aie pas peur, je suis juste derrière toi.

Cette précision ne rassura pas Lavanant. Des gouttes de sueur perlaient maintenant sur son front. Face à lui, Mary ouvrait son ordinateur portable tandis que Gertrude, qui s'était déplacée en silence, réglait la caméra qui allait enregistrer l'interrogatoire.

— Bon, dit Mary, nous sommes donc en présence de monsieur Ronan Lavanant. L A V A N A N T. C'est bien ça ?

— Oui, Madame, balbutia Lavanant d'une voix à peine audible.

— Parlez plus fort, monsieur Lavanant, et on ne dit pas « madame », on dit « commandant » !

— Oui, commandant, fit Lavanant à peine plus fort.

— Date et lieu de naissance.

— 10 juillet 1970, Plogoff.

— Profession ?

— Agent d'entretien à la Financière celtique.

— Nom et profession du père ?

— Adrien Lavanant, cultivateur.

— Nom et profession de la mère ?

— Marie-Louise Cutullic, cultivatrice.

— Bien, dit Mary, vous savez pourquoi vous êtes là, monsieur Lavanant ?

Le bonhomme hésita :

— Si c'est à cause du vélo, je ne l'ai pas volé, vous pouvez le reprendre.

— Si ce n'était que ça, mon pauvre ami, soupira Mary en se croisant les bras. Vous avez perturbé une enquête de police !

— Moi ? Mais comment ?

— En déplaçant des pièces à conviction avant que la police scientifique intervienne. Pourquoi tant de hâte à vider cette cave ?

— Mais parce que monsieur le directeur me l'avait ordonné !

— Monsieur Duquesne ?

— Oui, juste après que vous êtes partis. Même qu'il m'a vachement engueulé !

— Pourquoi ?

— Il m'a dit : « Tu me fous la honte, Ronan, et devant les flics encore ! Combien de fois t'ai-je dit de ne pas entasser des saloperies dans la cave ? »

— Il n'y avait pas que des saloperies, Ronan, il y avait même une chouette petite garçonnière. C'est là que tu allais faire la sieste ?

— Des fois… avoua Lavanant d'une voix à peine audible.

— C'est vrai que tu as un boulot éreintant, mon pauvre ami ! Comment as-tu transporté tout ça ?

— J'ai un copain qui bosse à Super U. Il s'occupe du parc de véhicules de location. Il est venu tout de suite, on a tout emballé…

— Sauf le vélo…

— Oui.

— Et quoi encore ?

— Le clic-clac. Il le voulait.

— C'était le prix de location du camion ?

Lavanant éluda.

— On fait des échanges. Pierrot débarrasse la cave…

— Et tu n'as pas à te salir les mains…

— Des fois, je lui donne un coup de main, d'autres fois, il amène un copain. Il a fait le transbordement entre midi et deux heures, ni vu ni connu…

— Et après, où ça va, tout ça ?

— À la jaille, je vous ai dit !

— Pierrot, c'est ton pote de Super U ?

— Oui.

— Pierrot comment ?

— Mavic, Pierrot Mavic.

Il hésita :

— Mais j'voudrais pas qu'il ait des emmerdements à cause de moi. Il n'a rien fait, Pierrot !

— Oh, dit Mary, il devait bien tout de même venir faire des petites javas dans ta garçonnière, non ?

L'interrogatoire n'étant pas trop pressant, Lavanant commençait à reprendre le dessus. Il haussa les épaules comme si la chose n'était pas importante.

— Bof, des fois, quoi.

— Avec la petite Aude… suggéra Mary.

Il se cabra.

— Ah non, hein, n'allez pas vous faire des idées ! Elle se changeait et puis elle partait.

— Où ça ?

— Je ne sais pas. Parfois, une voiture venait la chercher.

— Elle la ramenait aussi ?

— Je suppose.

— Elle avait une clef du local ?

Il hocha la tête affirmativement.

— Faudra pas le dire au patron, hein !

— Il n'aimerait pas ?

— Non, il me foutrait à la porte.

Visiblement, Ronan Lavanant n'avait pas la moindre envie de retourner à Plogoff élever des cochons. À la banque, il avait une petite vie peinarde, pas trop de boulot, un coin discret pour recevoir ses copains, un studio en ville, et des fins de semaine au grand air… Que demander de plus ?

— Tu t'arranges bien avec tes collègues ?

— J'm'arrange bien avec tout le monde.

— Même avec Lamandé ?

Il haussa les épaules.

— Ouais… C'est un petit con, un frimeur, mais il vaut mieux être bien que mal avec lui…

— C'est un cogneur ?

Nouveau haussement d'épaules.

— Il paraît.

— Mais tu aimes autant ne pas essayer, quoi ?

— C'est ça.

— Et avec Sarah Breuil ?

— C'est une bêcheuse.

— Jolie fille, pourtant…

— C'est vrai. Lamandé lui tourne autour comme un clébard.

— Ils sont ensemble ?

— Tss… Il peut se brosser. Elle n'en a rien à foutre de ses gros biscotos.

Il fit glisser son pouce sur son index en un geste explicite.

— Ce qu'elle cherche, c'est le pognon, le gros pognon.

— Elle n'est pas trop mal placée pour dénicher l'oiseau rare…

Lavanant eut une moue.

— Pour le moment, elle n'a rien accroché.

— À part Lamandé.

Lavanant risqua un petit rire.

— Son prestige en a pris un coup lorsqu'il s'est retrouvé attaché au radiateur.

— Il n'était pas content, hein ?

— Non, surtout de s'être fait avoir par une nana devant Sarah.

— Il a ruiné ses chances ?

— Il ne les a jamais eues, ses chances. J'vous ai dit qu'il lui manque l'essentiel.

Il ricana en refaisant glisser son pouce sur son index dans un geste explicite.

— Le fric…

Chapitre 30

Deux mois s'étaient écoulés depuis le jour où Sophie Larmenciel était venue frapper à la porte de Mary Lester et il fallait bien se rendre à l'évidence, elle n'avait pas pu faire mieux que les limiers de Rennes. Le mystère Larmenciel, comme l'avaient appelé les journaux, restait entier.

Assise sous la glycine, Mary se remémorait cette soirée qui marquait son premier échec. Ça la contrariait fort. Elle se disait : « J'ai perdu la main. Peut-être ferais-je mieux de changer de métier. » Elle ne pouvait pourtant s'y résoudre. Changer de métier serait aussi changer de vie. Perdre ses bons copains, Fortin, le premier de tous, qui ne lui avait jamais fait défaut, et puis Gertrude, l'ineffable Albert Passepoil, et surtout le patron, le divisionnaire Fabien, et même la redoutable juge Laurier. Que la vie lui paraîtrait vide sans tous les acteurs de son petit théâtre !

Le lundi matin, après la réunion des OPJ, Fabien ne lui ferait plus signe discrètement pour lui glisser à l'oreille :

— Venez donc dans mon bureau tout à l'heure…

Et là, elle n'attendrait plus, délicieusement curieuse, l'affaire et la destination qui lui étaient réservées. Il ne la taquinerait plus sur ses prétendus manquements à la procédure et, à son tour, elle ne le charrierait plus sur ses carences en culture générale. Il ne la traiterait plus d'insolente dans une colère feinte…

Plongée dans ces réflexions douces-amères, elle n'avait pas remarqué que le chat s'était dressé. Sa longue queue battait ses flancs et il n'avait jamais tant ressemblé dans son pelage noir d'ébène à une panthère guettant sa proie.

Elle revint à la réalité.

— Que t'arrive-t-il, mon prince ? demanda-t-elle, soudain en alerte, elle aussi.

Elle se leva et tendit l'oreille : on grattait à sa porte.

Depuis sa tragique mésaventure avec Goran Blanic, elle gardait son arme de service chez elle. Elle déplaça trois livres dans sa bibliothèque. L'arme, un Glock 19, d'une capacité de dix-sept coups, était cachée derrière les bouquins. Elle ôta la sécurité et ramena la culasse en arrière pour l'armer. Si c'était un séide dépêché par un comparse du sinistre Goran, elle ne serait pas prise au dépourvu comme la fois précédente.

À la porte, des coups timides avaient succédé aux grattements. Elle regarda par le judas sans apercevoir qui que ce soit. Pourtant, les coups continuaient, réguliers, insistants. Elle libéra le gros loquet intérieur qu'elle avait pris le soin de graisser soigneusement. Il coulissa sans bruit. Alors, le pistolet dans la main droite, elle tira la porte brusquement.

Elle entendit une sorte de cri de souris qui sortait d'une sorte de paquet noir posé contre la porte. Sous une large capuche, elle voyait le blanc de deux yeux effrayés. Mary s'empressa de remettre son arme au cran de sûreté avant de l'empocher.

— Que faites-vous là ?

Une voix hésitante demanda :

— Vous êtes le commandant Lester ?

— Oui… et vous ?

L'inconnue se redressa et découvrit son visage. Bien qu'elle ne l'eût vu qu'en photo, Mary la reconnut immédiatement :

— Aude ! s'écria-t-elle. Aude Larmenciel, c'est vous ?

— Oui, dit la jeune fille en regardant autour d'elle.

Mary la sentait inquiète, tendue. Elle la prit par le bras, l'attira dans le jardin et verrouilla la porte.

— Venez donc par là…

Elles entrèrent dans le salon et Mary put voir la jeune fille dans son entier. Elle la pria de s'asseoir et demanda :

— Comment avez-vous eu mon adresse ?

— Monsieur Lagathu, dit-elle.

— Vous êtes retournée chez les Lagathu ?

Elle hocha la tête affirmativement.

— Et où étiez-vous passée pendant tout ce temps ?

— Sur un bateau.

— Un bateau ? Où ça ?

— Je ne sais pas, un peu partout. Il se déplaçait souvent.

— Un grand bateau ?

— Oui, avec deux mâts.

Donc, un voilier, un ketch ou une goélette. Inutile de lui demander de préciser. Pour elle, c'était un grand bateau avec deux mâts. Il n'y en avait pas tant dans la région, encore que… Il y avait eu quelques mois plus tôt un rassemblement de grands voiliers à Rouen. Tous n'étaient pas repartis et continuaient de naviguer dans les eaux territoriales françaises.

— Il s'appelait comment, ce bateau ?

— Le *Shéhérazade*, je crois.

— Et que faisiez-vous sur ce bateau ?

— Je dansais.

— Vous dansiez ?

— Oui.

— C'est tout ?

— Oui. C'est un client de la banque qui m'avait trouvé ce job. C'était bien payé et comme j'adore danser…

— Mais pourquoi n'avez-vous pas donné de vos nouvelles ? Un coup de téléphone à votre mère, par exemple. Elle était très inquiète…

— Pff ! Dans notre famille, on ne crie pas sur les toits ce que l'on fait. J'ai été pendant des mois sans nouvelles de mes sœurs, ça n'a pas fait un drame.

— Mais on vous a recherchée ! La police, les gendarmes…

Elle ouvrit de grands yeux.

— Je vais être grondée ?

Grondée ! Elle avait de ces mots. Mary la rassura :

— Pas par moi en tout cas. Qu'est-ce qui vous a décidée à revenir ?

— Le bateau retournait en Méditerranée.

— Et vous ne vouliez pas aller en Méditerranée ?

— Non. Je sais que les ports d'Afrique sont pleins de sales gens.

Elle ajouta :

— C'est ma mère qui me l'a dit.

— Vous avez pu partir librement ?

— Non, le bateau n'abordait jamais.

— Et il a accosté près d'ici ?

— Oui, il devait faire le plein de ses réservoirs à Bénodet. Les douaniers sont montés à bord. Les gens qui me gardaient n'ont pas pu me retenir et je suis donc descendue avec eux. Je suis montée d'autorité dans leur voiture et je leur ai expliqué que je voulais aller à Quimper. Ils m'ont arrêtée au rond-point de Ludugris et de là, j'ai rejoint Ker Lagathu à pied.

— Monsieur et madame Lagathu ont dû être surpris de vous revoir.

— Oui, ils pleuraient tous les deux. Ils m'ont embrassée et, lorsqu'ils m'ont dit qu'on me recherchait, j'ai pris peur. Ils m'ont conseillé de m'adresser à vous, ils m'ont donné votre carte et même prêté leur voiture. Alors, je suis venue.

— Que comptez-vous faire maintenant ?

— Je ne sais pas. Monsieur Lagathu m'a dit que je pouvais me fier à vous.

— Très bien. Si vous voulez, on va dîner ensemble et ensuite vous pourrez dormir sur le canapé. Demain matin, je vous emmènerai chez mon chef et il arrangera les affaires.

Mizdu voulut bien partager son canapé avec Aude, mais ce fut Amandine qui, le lendemain matin, fut surprise en trouvant une pensionnaire qui dormait de bon cœur.

Mary lui expliqua comment Aude Larmenciel s'était retrouvée, après six mois de silence total, juste à la place où sa mère était venue crier sa douleur et son désarroi.

Abandonnant ses hardes africaines, Aude avait puisé dans la garde-robe de Mary. Vêtue d'un jean, d'un tricot rayé et coiffée d'une casquette qui disait « I love NY », elle n'avait plus rien d'une danseuse orientale.

Avant de quitter la venelle du Pain-Cuit, Mary téléphona à Gertrude pour lui dire de la retrouver dans le bureau avec Fortin.

Accompagnée d'Aude, Mary entra au commissariat sans qu'on remarque outre mesure qu'elle était accompagnée. Mary l'introduisit dans son bureau où Fortin et Gertrude supputaient sur ce que Mary Lester avait encore pu faire de spécial. Gertrude s'était assise au bureau de Mary et sa mâchoire tomba sur son menton quand elle vit la jeune fille.

— Voilà, dit Mary, pas mécontente de son effet. Je vous présente mademoiselle Aude Larmenciel.

Gertrude ne pouvait pas dire un mot, mais Fortin laissa tomber :

— Pour une morte, elle semble se porter pas mal !

Mary passa au tutoiement pour expliquer à Aude :

— En effet, tout le monde était persuadé que tu étais morte, et on nous avait chargés de retrouver tes assassins.

Aude, confuse, roula de gros yeux en regardant le plafond. Mary décrocha son téléphone et jeta, enjouée :

— Bonjour, patron !

— Ah, vous êtes enfin là ! fit Fabien d'un ton rogue.

— Oui, j'ai du nouveau, et je souhaiterais vous en faire part.

— Du nouveau ?

— Oui.

— Dans l'affaire Larmenciel ?

— Oui !

— Eh bien, ce n'est pas trop tôt, venez!

Elle frappa et entra, la jeune fille sur les talons.

— Patron, permettez-moi de vous présenter mademoiselle Aude Laurenciel.

Le commissaire, qui s'était levé, retomba sur son siège.

— Co… comment…

Comme il semblait soudain frappé d'aphasie, Mary s'adressa à Aude :

— Aude, voici le commissaire divisionnaire Fabien, mon patron, qui m'avait chargée de retrouver votre trace.

Elle revint vers le commissaire.

— Je pense, patron, avoir satisfait aux exigences de la feuille de route que vous m'aviez tracée.

Fabien opina en branlant du chef silencieusement. Mary poursuivit :

— Où voulez-vous aller maintenant, Aude ?

— À Ker Lagathu…

Mary revint vers le patron.

— Voyez-vous un inconvénient à ce que son vœu soit satisfait ?

— Moi, non, dit le commissaire qui avait retrouvé l'usage de la parole, mais il faudra tout de même que cette jeune fille s'explique sur les raisons de sa disparition.

Et il ajouta plus sévèrement :

— C'est bien le moins quand on a mobilisé les forces de police et de gendarmerie pendant si longtemps.

— Assurément, approuva Mary. Il faudra vous tenir à la disposition de la police pendant le temps de l'enquête, Aude.

La jeune fille hocha docilement la tête.

— Vous ne voulez pas retourner chez votre mère ? demanda le commissaire.

Aude secoua la tête négativement.

— Pas tout de suite.

— Je dois quand même la prévenir, elle était si malheureuse, elle vous croyait perdue.

Aude Larmenciel ne paraissait pas se rendre compte des turbulences que sa disparition avait provoquées.

— Pas de problème, dit-elle.

— Maintenant, je vais te reconduire au bureau où sont mes deux collaborateurs et tu vas répondre à leurs questions. Je t'accompagne, annonça-t-elle en ouvrant la porte.

En sortant, elle glissa discrètement au commissaire :

— Je reviens !

Elle confia Aude à Gertrude en lui demandant de prendre sa déposition. Puis elle remonta vivement à l'étage supérieur où le commissaire trépignait d'impatience. Il attendit qu'elle fût assise, puis il se carra à son tour dans son vaste fauteuil directorial et lâcha :

— Vous, alors !

Elle fit mine de ne pas comprendre ce qu'il voulait dire et s'exclama :

— Vous n'êtes pas satisfait ?

— Comment ne le serais-je pas ? C'est de la sorcellerie ! Comment avez-vous fait ?

Mary souleva imperceptiblement les épaules.

— Le plus simplement du monde. Rien n'assurant formellement que c'était son corps qui avait été retrouvé, j'ai pensé qu'elle n'était peut-être pas morte…

— Oui, et alors ?

— Alors, elle était « invitée » sur un grand voilier à deux mâts, donc un ketch ou une goélette ayant participé au rassemblement des grands voiliers dans le port de Rouen. D'après Aude, il s'appellerait *Shéhérazade* et il serait venu faire le plein de ses réservoirs au port de plaisance de Bénodet hier, ce qui a permis à la jeune fille de descendre à terre.

Le patron décrocha son téléphone et jeta :

— Bredan, une goélette d'une cinquantaine de mètres de long a fait escale à Penfoul[21] hier pour faire le plein de ses réservoirs. Trouve-moi ça ! Elle s'appellerait *Shéhérazade* et viendrait des pays du Golfe. Il faudrait dans un premier temps l'immobiliser et ensuite obtenir une commission rogatoire pour la visiter. Tiens-moi au courant…

Il raccrocha et demanda à Mary :

— Je suppose que vous souhaitez participer à cette perquisition ?

Elle acquiesça en secouant vigoureusement la tête.

— À condition qu'elle puisse avoir lieu, oui, bien sûr !

Le commissaire tressaillit.

— Comment ? Mais bien sûr qu'elle aura lieu !

— Si on la retrouve, dit Mary.

— Et pourquoi on ne la retrouverait pas ? demanda Fabien, agressif. Une goélette de trente mètres ne se dissimule pas comme une planche à voile !

— Certes, mais ça navigue plus vite qu'une planche à voile !

Le commissaire demanda trop vite :

— Vous croyez que…

Mary haussa les épaules.

---

21. Port de plaisance de Bénodet.

— Attendons la réponse de la capitainerie de Penfoul.

Il y eut un long silence que la sonnerie du téléphone rompit. Fabien s'empara de l'appareil.

— Allô ? Quoi ?

Il brancha la fonction haut-parleur et la grosse voix de Bredan retentit :

— Il y a effectivement eu un bateau qui ressemble à ce que tu cherches hier après-midi, mais sitôt son plein de gazole fait, il est reparti.

— Mais où est-il maintenant ?

— En mer, quelque part... Mais ne t'excite pas, ce n'était pas le *Shéhérazade*, mais l'*Altaïr*.

Déconcerté, Fabien raccrocha mollement l'appareil.

— Nom de Dieu, j'y comprends plus rien !

Mary dit d'une voix posée :

— C'est pourtant facile à comprendre, patron. Quatre vis et votre bateau change de nom. Et ne vous chagrinez pas, vous ne visiterez jamais cette goélette.

— Et pourquoi ?

— *Altaïr*, *Shéhérazade*... ça ne vous dit rien ?

— Que voulez-vous que ça me dise ?

— Ce sont des noms à consonance orientale.

— Et alors ?

— D'après Aude, elle viendrait des pays du Golfe.

Le patron, le front plissé, commençait à comprendre.

— Ce bateau, poursuivit Mary, doit appartenir à un émir du Golfe ou à quelqu'un de sa grande famille. Pensez-vous qu'un juge vous délivrerait une commission rogatoire pour qu'on puisse le fouiller ? Ça serait aller au-devant d'un incident diplomatique que le quai d'Orsay voudra à tout prix éviter.

— Mais alors… dit Fabien, décontenancé.

— Mais alors rien, fit Mary. *Altaïr* ou *Shéhérazade*, qu'il aille voguer sous d'autres cieux. Il s'agissait de sauver Aude, mission accomplie.

— Mais s'il y a d'autres jeunes femmes retenues sur ce bateau ?

— Je répondrai comme Géronte[22] : « Que diable allaient-elles faire dans cette galère ? »

— Et on ne fera rien ?

— Si. On pourra, en entendant Aude, déterminer s'il y avait d'autres jeunes filles retenues dans ce bateau, peut-être connaître leurs noms et savoir si leurs familles les recherchent. Et si tel est le cas, tenter de les récupérer par la voie diplomatique.

— Mais ça va prendre un temps fou ! s'exclama Fabien. Ces pauvres filles…

— Je vous l'accorde, Monsieur, coupa Mary, il serait nettement plus expéditif de lancer une frégate à leur poursuite, de prendre la goélette à l'abordage et, en vingt-quatre heures, ces demoiselles seraient revenues à Brest. Mais, vous le savez bien, une telle décision ne nous appartient pas.

— Alors…

— Alors, on n'échappe pas à son destin…

— Que voulez-vous dire ?

— Si Dieu le veut, que vogue la galère, Monsieur.

FIN

L'Île-Tudy,
le 19 janvier 2024

---

22. *Molière,* Les Fourberies de Scapin.

Inscrivez-vous gratuitement,
et sans aucun engagement de votre part,
à notre bulletin d'information
en nous retournant le coupon ci-contre.

Vous serez informé(e) des parutions en exclusivité,
pourrez bénéficier d'offres spéciales,
recevoir des cadeaux, etc.

Chaque nouvel inscrit recevra
une surprise de bienvenue…

Rejoignez-nous vite !

Et n'hésitez pas à proposer l'inscription
à vos parents et amis…

Je désire m'abonner gratuitement au bulletin d'information des Éditions du Palémon : je serai averti(e) des parutions de Jean Failler, ainsi que de l'actualité et des offres Palémon.

Nom ....

Prénom ....

Adresse ....

....

Code Postal .... Ville ....

Pour encore plus d'offres et d'infos, indiquez votre adresse e-mail :

E-mail ....@......................

Bon à compléter ou à recopier et à retourner par courrier à l'adresse suivante :

ÉDITIONS DU PALÉMON
ZI de Kernevez
11B rue Röntgen
29000 QUIMPER

Vos données sont collectées par les éditions du Palémon afin de vous inscrire à notre lettre d'information. Le recueil des données est facultatif et limité à ce qui est strictement nécessaire pour vous faire parvenir notre catalogue et/ou notre newsletter. Vous pouvez à tout moment accéder à vos données, les rectifier, demander leur suppression ou la limitation de leur traitement. En cas de question, vous pouvez nous contacter au 02 98 94 62 44 ou sur **contact@palemon.fr.**

❐ Je consens à l'utilisation de mes données

❐ Je souhaite m'inscrire à la newsletter

ML63

Retrouvez les ouvrages de Jean Failler,
les enquêtes de Mary Lester,
et tous les titres des Éditions du Palémon sur :

www.palemon.fr

ÉDITIONS DU PALÉMON
ZI de Kernevez - 11B rue Röntgen
29000 QUIMPER
02 98 94 62 44
Dépôt légal 2e trimestre 2024

ISBN : 978-2-385270-36-0

Achevé d'imprimer en mars 2024
sur les presses de CPI Bussière
18200 Saint-Amand-Montrond
Numéro d'impression : 2075672
1er tirage

Imprimé en France